La mejor madre del mundo

La mejor madre del mundo

NURIA LABARI

LITERATURA RANDOM HOUSE

Primera edición: febrero de 2019
Primera reimpresión: febrero de 2019

© 2019, Nuria Labari
Derechos cedidos por acuerdo con International Editors' Co.
© 2019, Penguin Random House Grupo Editorial, S.A.U.
Travessera de Gràcia, 47-49. 08021 Barcelona

Printed in Spain – Impreso en España

ISBN: 978-84-397-3497-0
Depósito legal: B-398-2019

Compuesto en La Nueva Edimac, S.L.
Impreso en Limpergraf
Barberà del Vallès (Barcelona)

R H 3 4 9 7 0

Penguin
Random House
Grupo Editorial

A Esther Gómez Echaide, madre

Para el corazón femenino de todos los hombres

ÍNDICE

LA PUNTUALIDAD DE LOS CONEJOS
DE PLAYMOBIL

Soy mujer, soy madre, no puedo tener hijos, escribo. No puedo tener hijos, soy madre, escribo, soy mujer. Soy madre, no puedo tener hijos, escribo, soy mujer.

Me gusta ver a los gorriones descansar sobre los cables de alta tensión frente a mi despacho en las afueras de Madrid. Se distribuyen sobre la línea negra equidistantes como las notas de un pentagrama en el cielo. Hace poco me enteré por casualidad de que los pájaros se colocan así porque esa es su forma de estar juntos. Existe una distancia mínima intraespecie que no les permite estar más cerca de un individuo de lo que se aproximan sobre el cable, por eso guardan siempre distancias regulares de separación. A veces, cuando uno de ellos se harta de estar tan cerca del resto, sale volando. Eso es ser pájaro.

Yo no soy pájaro, soy una mujer. Y algunas tardes intento adivinar, justo antes de disolverme en el atasco que me llevará a casa, cuál es la distancia mínima que debería mantener respecto de otros individuos de mi especie. Algunos días, como hoy, me pregunto si existe para mí siquiera una distancia. Pero la verdad es que, desde que soy madre, las referencias han saltado por los aires. De hecho, todo ha saltado por los aires. Todo menos yo. Porque, a diferencia de los pájaros, yo no puedo volar.

—Mañana me hacen los análisis —dije a MiMadre.

Hace cinco años. Recuerdo su cara de ardilla asustada solo un instante.

—No entiendo qué te pueden decir después de un análisis de sangre. Te pareceré muy vieja, pero es que son cosas que os pasan ahora. Yo nunca he querido tener hijos. No como ahora, quiero decir. Yo me quedé sin darme cuenta, sin buscarlo ni pensarlo. Claro que también tenía otra edad, imagínate, veinticuatro años. De no haber muerto tu padre no hubieras sido hija única, eso seguro. Ahora es otra cosa. Mi ginecólogo me ha dicho que a tus treinta y cinco ya no eres tan joven, que no te quedas porque lo has dejado mucho. Lo que no entiendo es tu empeño. Los hijos llegan cuando llegan, pero si te pones a pensarlo, no los tienes. Yo, desde luego, si lo llego a pensar, no te hubiera tenido. Entiéndeme. Un día me duché para salir con tus tías y al ir a ponerme mi vestido verde de botones, no me daba. Pensé que había encogido, ni se me ocurrió pensar que era yo la que había engordado. Pero estaba embarazada. Engordé sin parar, más de veinticinco kilos al final. Después de tenerte ya nunca bajé de los sesenta.

—Me darán los resultados en diez días.

—Yo, que no había pasado en toda mi vida de los cuarenta y nueve y tomaba maicena para engordar después de las comidas.

Recuerdo muchas conversaciones con MiMadre mientras intentaba quedarme embarazada, todas irrelevantes. Es imposible hablar con la propia madre porque las madres son cotorras mudas: nunca se callan, aunque no tengan nada que decir. MiMadre no para de hablar, suelta las palabras a borbotones, los mismos mensajes un día tras otro, un año tras otro. Las mismas historias. Su parloteo es una música en mi nuca, como un revólver. Y, sin embargo, es también una forma de consuelo. No es el diálogo lo que busco cuando hablo con ella, tampoco sus ideas, es el arrullo. A veces solo el sonido de su voz diciendo lo que sea que tenga que decir y que ya habré oído muchas otras veces. Antes me desesperaba su parloteo incesante. Quería que hablara con una dirección, pensaba que no tenía las ideas claras, que podía hacerlo mejor. Ahora creo que es así porque es MiMadre, una madre, y eso significa que sabe que esa música es lo único que me quedará cuando ella muera. Porque no quiere dejarme sola.

El medio es el mensaje y hace mucho que las madres del mundo decidieron que estaba todo dicho. Por lo demás, nunca nadie las ha escuchado.

El problema es que desde hace cuatro años yo también soy *una madre*. Y lo que es peor: no he encontrado mi melodía. Por eso estamos aquí, en este libro que será mi fracaso y mi desaparición como madre y como escritora, cuando ni siquiera he llegado a consolidarme en ninguno de los dos campos.

Soy una madre amateur y ya estoy acabada: escribo a espaldas de mis hijas, como si ellas no fueran suficiente. Escribo cuando debería estar jugando con ellas o contándoles un cuento o preparando un bizcocho. Y cuando esto termine, ellas lo sabrán.

Por otro lado, tampoco soy lo que se dice una escritora. He escrito varias docenas de cuentos —me dieron un premio local por uno de ellos—, una novela que no he conseguido publicar y otra que no conseguí terminar. Me gano la vida como directora creativa en una agencia de marketing digital. Se me da bien, me pagan bien, me lo paso bien. No tengo ninguna coartada para emplear mi tiempo de crianza escribiendo sobre ninguna cosa y mucho menos un libro sobre maternidad, que será la confirmación definitiva de mi falta de ambición literaria. Porque no creo que se pueda ser artista y escribir como una madre.

Las artistas con talento son hijas, siempre hijas de sus madres por mucho que tengan descendencia. Las buenas escritoras escriben sobre la *hijidad* o sobre cualquier asunto donde su punto de vista pueda ser el centro del mundo. Como cuando Vivian Gornick escribió *Apegos feroces*, una autopsia sobre la maternidad donde, por supuesto, ella era la hija, porque Gornick es una creadora. En cambio, una madre es el satélite de otro ser más importante. Una madre es la antítesis del yo creador. «Las madres no escriben, están escritas», sentenció la psicoanalista Helene Deutsch allá por los setenta. Y hasta hoy.

Por eso sé que, si persisto en la idea, acabaré paseándome por las editoriales con un manuscrito bajo el brazo que será antes o después catalogado como «el diario íntimo de una mujer», una categoría invisible que denota en el mundillo una preocupante falta de ambición literaria.

Por otro lado, leo lo suficiente como para saber que cualquier texto que huela a experiencia femenina es a la literatura lo que los tampones a las droguerías: un producto de «higiene íntima». Puedes comprar tampax en la misma droguería donde venden perfumes caros, pero cada cosa está en su balda y cada estantería tiene su valor.

La experiencia masculina, en cambio, siempre ha remitido a temas universales. No existen las «temáticas típicamente masculinas» porque los temas de chicos han sido también, durante siglos, los temas de todas. Eso es al menos lo que he sentido cada vez que me he asomado a la experiencia íntima de un hombre, que me concernía directa e íntimamente. En cambio, no suele suceder lo mismo al revés. Lo de ellos es de todos y lo de nosotras solo nuestro.

Es como si toda la historia de la literatura llevara encima el sutilísimo veneno de un prejuicio. A veces creo que si la *Carta al padre* de Kafka llega a ser una *Carta a la madre*, habría cantado gallina en vez de gallo. Y que, de alguna manera, hemos asumido que unos despiertan al mismo sol con su canto matinal mientras que otras nos limitamos a cuchichear y poner huevos.

Por si fuera poco, existe una guerra silenciosa y silenciada entre lo que significa crear como madre y crear como mujer. Tres reglas no escritas de obligatorio cumplimiento: la mejor creación de una mujer serán sus hijos, la mayor realización su maternidad y su mayor pasión siempre y mientras viva, sus hijos. Por eso creo que hay muchas más madres que escriben que escritos de madres. Porque casi siempre preferimos utilizar la creación para conectar con ese otro yo que somos cuando no estamos criando. Aparta un rato, hijo, que voy a escribir, voy a bailar, voy a interpretar, voy a pintar. Leo autoras (madres) que hablan de la escritura como «su espacio». Y escriben algún artículo o cuento sobre su maternidad (pocos) y poemas (muchos), a veces libros de poemas. Para escribir sobre maternidad parece imprescindible traicionarse a una misma o al hijo, puede que a los dos como es mi caso. Existe solo un caso donde la maternidad puede convertirse en un tema universal: cuando se muere un hijo. Entonces hay que coger el toro por los cuernos. Porque no hay otro lugar por donde seguir, si es que se puede seguir de algún modo. Y porque el punto de vista de la creadora (su dolor) es de nuevo el centro del mundo.

En *El año del pensamiento mágico*, Joan Didion aborda la maternidad (entre otras cosas) tras la pérdida de su marido y la severa enfermedad de su hija, que moriría poco después de que ella publicara el libro y de la que hablaría en *Noches azules*. Su autoficción es un clásico contemporáneo, no está en la balda de las compresas. Puede que la tragedia sea la única manera de convertir la maternidad en tema universal. A lo mejor es que no existen temas universales sin dolor. Puede que no exista universo sin dolor.

Así que, en general, las grandes escritoras se centran en «su escritura» además de en «sus hijos» (cuando los tienen). Dos pistas de circo. Dos músicas, dos bailes. Eso en el mejor de los casos, claro está, cuando la madre artista se divide entre criar y crear. El problema es que yo ni siquiera soy escritora, y tampoco he padecido ninguna desgracia que legitime mi necesidad de escribir sobre maternidad. A mí me toca criar y callar, sin lugar a dudas. Porque nada duele. Porque, en realidad, todo va bien. Ellas están bien, Hombre está bien, el trabajo está bien. Tenemos suficiente salud y suficiente dinero. Sin embargo, estoy aquí, refugiada en una cafetería, lejos de ellas, escribiendo. Cuando sé que esto es malo para ellas, sé que estaríamos mejor las tres si vuelvo a casa y nos escondemos en la litera de abajo. Y nos ponemos a jugar al zoo de Playmobil edición bebés y hago una cueva con el edredón para refugiarnos de una tormenta que es mentira. Y preparo las vallas para encerrar a los animales de la selva y los corrales para los animales de la granja. Debe de ser ya la hora de dar de comer a los conejos de Playmobil. Ellos siempre son puntuales.

Una madre que escribe es una madre culpable. Un libro culpable acaba en gatillazo, otro manuscrito en el cajón.

Una importante editora me aconsejó al respecto cuando le conté que estaba trabajando en esto. «Si vas a escribir de maternidad intenta que aparezca una historia de amor desde el principio. Tiene que haber un hombre, aunque sea el marido de la protagonista. Un amante estaría muy bien. A menos que encuentres un enfoque absolutamente original. ¿Has leído a Amelie Nothomb? Lo único importante es que enganche. No vayas a contar tu experiencia de maternidad porque eso no interesará a nadie.» Eso dijo. Después abrió en canal un cruasán con el cuchillo de sierra, se metió un buen bocado en su cabeza de canario y se puso a mirar por la ventana con la boca llena.

Pasé unos seis meses pensando cómo ser absolutamente original.

Te están apuntando con una pistola a la cabeza. Sabes que vas a morir y tienes que decir algo. Puedes escribir. Piensa bien lo que vas a contar. Y hazlo antes de que se caliente el acero porque es importante que ese frío llegue al texto. Puedes iluminar un solo punto de oscuridad sobre la tierra. Puedes hacerlo antes de que todo salte por los aires. Así que HABLA. Eso es escribir contra la muerte. Yo solía escribir desde la punta de esa pistola. O eso intentaba. Me excitaba ese acero, me sentía muy poderosa escribiendo justo antes de morir.

Una niña de tres años se tapa los ojos con las manos y se pone a contar. Uno-cuatro-dos-siete. Quiere que te escondas. Hazlo dentro del seto donde siempre busca en primer lugar. Cuando te encuentre explotará en una carcajada. Reirá como si no existiese el mañana ni nada parecido, porque en realidad no existe el mañana ni nada parecido. Reirá con los brazos abiertos justo antes de abrazarte. Y mirará al cielo y dirá: «NU-BE». Y sabrás que hay una parte de la vida que habita fuera del tiempo. No es un punto oscuro que debas iluminar. Es una luz caliente en la que quizás seas capaz de habitar un instante. Seguramente no haya nada que decir una vez allí. No hay palabras allá donde vas. Así que CALLA. Eso es escribir contra la vida. Así voy a escribir este libro. A lo mejor por eso me siento tan frágil: justo antes de vivir.

NO PUEDO TENER HIJOS

Aclaremos una cosa: se puede ser madre sin tener hijos. Yo fui madre mucho antes de alumbrar a H1 (cinco años) y H2 (dos y medio). Y no estoy hablando de los niños del tío separado con el que salí durante tres años. Hablo de ser madre sin hijos, ni propios ni ajenos. El problema es que durante mucho tiempo creí que jamás llegaría a saber algo sobre maternidad si no era capaz de parir. Pobrecita. No tenía ni idea, era todo certezas.

Nadie piensa que un padre sea «lo para inseminar». No es un espermatozoide a la carrera. La figura del padre no es en ningún caso fisiológica. Un padre es algo así... cómo lo diría: lo para crear. En el Nuevo Testamento hay un padre y una virgen. Creo que no hace falta añadir nada más.

El hecho de que yo no pueda tener hijos *naturalmente* es una de las razones por las que he decidido escribir sobre maternidad. Pienso que mi incapacidad para engendrar me legitima en esta materia. Porque hay que ser muy hembra para ser estéril.

Yo imaginaba a la mujer fértil húmeda como una montaña verde. Pero estaba equivocada. No era mi imaginación. Era una imagen construida sobre la piedra y el tiempo, abultada por nuestra cultura económica como el vientre de una venus paleolítica. Sin embargo, los embriones no se agarran al amor ni a los spots sobre familias o pañales. La expectativa no es suelo fértil para la vida. La expectativa es siempre yerma. Ahora sé que mis hijas necesitaron una herida en la que anidar, la tierra en barbecho que llevaba dentro.

Además, antes o después, todas seremos estériles. No importa que una mujer haya parido cuatro, cinco o doce hijos, todas estamos condenadas al mismo final. Que nadie se engañe, un hijo también es secarse. Y un buen día, un hijo mirará a los ojos a su madre y le hará saber que ya no volverá a ser fértil nunca más.

Me recuerdo estéril desde siempre. Mis bragas lo venían anunciando desde niña, tan blancas. Un mensaje impoluto: si no sangras, no pares. Supongo que me sentía como un chaval en este sentido. Lo que se dice un tío con suerte. O más precisamente: una mujer afortunada. Me encantaba no sangrar. Me parecía algo así como ser «la elegida» cuando con catorce, quince, dieciséis, diecisiete años no tenía que taponar mis hemorragias menstruales. Compadecía a mis amigas.

Después, ya en la universidad, la sangre cobraría un sentido diferente. Empezaron a hablar las poetas con sus palabras rojas y su pensamiento hecho carne. Cuando las poetas eran francesas, las palabras eran más rojas. Pero todas decían placenta, regla, útero, vagina, menstruación, ovarios, vulva, barriga, pubis, entrañas, sangre (son sangrientas y feroces las poetas), vientre, pechos, hormonas, óvulos… Así nunca cambiaremos de balda en la droguería, pensaba yo.

En la facultad, estaba segura de que escribir no debía ser una forma de hemorragia sino una forma de cultura. No quería sangrar bajo ningún concepto. Iba a escribir una tesis, a trabajar, a tener éxito. Quería que me leyeran los hombres y no estaba dispuesta a pronunciar la palabra «útero» por nada del mundo. Después de todo, yo era casi un tío.

Pero pasó el tiempo. Y las chicas eran ya otras mientras yo era estéril y empezaba a hacerme vieja. El año que me hice la primera in vitro, la jovencísima poeta Luna Miguel publicaba la antología *Sangrantes*, veintinueve mujeres dando a la sangre forma de poema. Las universitarias habían empezado a andar su propio camino, serpenteante y estrecho mientras yo no me enteraba de nada en medio de una inmensa autovía.

Las mujeres que quieren quedarse embarazadas se ponen tristes cuando les viene la regla. Yo ni siquiera. Huelo la sangre dos o tres veces al año, a veces ni eso. No fue una tristeza ni nada parecido. Fue la ausencia llamando a todas las puertas, colándose por cualquier rendija. Todos los días.

Toc-toc.

—Soy la Idea, ¿puedo pasar?

—No.

—De acuerdo, te espero junto a las naranjas, en el frutero nuevo.

Toc-toc.

—Estoy en el volante del coche y en las teclas del ordenador, siempre te acompaño.

Toc-toc.

—Descanso sobre tu almohada para que puedas oírme respirar cada noche. ¿Me recibes? Hablo en nombre del cosmos.

Dos tics azules en la bandeja de entrada de WhatsApp.

—Que dice el universo que no mereces estar aquí, que nadie quiere a las de tu nombre. Que fuiste miope, astigmática, que tienes ese problema con las muelas del juicio y el pelo demasiado lacio. Que aquella rotura de menisco no fue un accidente… Has sido juzgada. Todo ha terminado. Mujer, eres estéril. Mujer, no sangras. Mujer, no eres mujer. Mujer, no eres nada. Mujer, desaparece.

No está bien ser estéril.

Tengo delante la cara de MiMadre, que me mira con pena: hay tanto amor en MiMadre para mí. Tengo delante la cara de Hombre. Dice que no quiere criar un hijo que ya ha nacido, quiere que nuestro amor dé hijos. Yo pienso que a lo mejor nuestro amor no es tan perfecto como él se cree, que guarda un pozo de oscuridad, que somos un canteo de sombras y malos rollos. Pero no se lo digo. Me limito a pensar en todo lo que es nuestro y está mal.

La Idea de no ser madre, de no serlo nunca, fue como un rayo en mitad del cráneo. No hubo lamento ni decepción, fue otra cosa la que me partió la vida. Perder al hijo que no llega va más allá de la tristeza. Después de todo, la tristeza puede convivir con la felicidad, a veces es el lastre que nos hace salir a flote. Ningún problema con la tristeza. Pero la Idea de no ser madre es otra cosa, adopta tantas formas que es capaz de invadirte entera. La Idea de no ser madre es un cáncer dentro del cuerpo de una mujer.

Tengo delante la melena alisada con planchas cerámicas de la ginecóloga que me atiende en la clínica de fertilidad. Me señala uno a uno los conceptos de la factura que estamos a punto de pagar. Control de estimulación ovárica: 500 euros. Extracción de ovocitos: 1.200 euros. Laboratorio de FIV: 1.500 euros. Transferencia embrionaria: 300 euros. A continuación, coloca el índice sobre otro punto de la página. Leo «Posibles extras» en negrita sobre el silencio de la doctora que va señalando con el dedo, uno a uno, los conceptos que no pagaremos todavía, los extras que están por venir. Microinyección espermática: 650 euros. Vitrificación de embriones: 800 euros. Hatching: 400 euros. Anestesia: 300 euros. Transferencia de embriones congelados: 850 euros. Cultivo embrionario en incubador Embryoscope: 350 euros.

Cuando la Idea llega, se abre el hueco. El hueco es como las mujeres definimos lo que nos falta. No es una falta como leche en la nevera, amor en el banco o coche en el garaje. Mi hueco era todo el miedo que T. S. Eliot metió en un puñado de polvo cuando escribió *La tierra baldía*. Y era ese polvo en el suelo de mi cocina. Eran MiMadre, mis tías y mi abuela barriendo ese polvo. Siglos. Mujeres milenarias pegadas a una escoba. Era yo agachándome, arrastrando todo el polvo hacia el recogedor, depositándolo en la basura cada noche, todas las noches. Hay tanto polvo en casa.

Todas las mujeres que conozco tienen su hueco. Eres mujer y te dicen «Que viene el hueco» y te mueres de miedo. Eres un extraño y le dices a una mujer: «Yo puedo tapar ese hueco». Y se enamora de ti o se casa contigo, algo así. Podría ser un ángel o una marioneta, que diría Rilke. Pero nosotras lo sentimos como un hueco. Nacer con el agujero puesto. Eso es ser mujer. Y eso es ser madre.

Salgo de la farmacia con la factura de todo lo que voy a enchufarme para intentar ser una de esas mujeres que tienen plazas de aparcamiento en la entrada de los supermercados y asientos reservados en el metro. Con sus pechos y barrigas hinchados y esa forma de hablar y de moverse. Poderosas y arbitrarias, jóvenes diosas capaces de anidar algo más que vacío.

– Puregon 900 ui.	359,00€
– Puregon 600 ui.	274,74€
– Cetotride. 7 viales de 0,25 mg.	248,70€
– Ovitrelle, 250 mg (1 dosis)	50,63€
– Blastoestimulina, 10 óvulos	6,95€
– Zitromax 1 g, 1 sobre.	3,93€
– Azitromicina Ratio 500MG, 3 c.	5,90€
– Proggefic, 60 cápsulas. 250 mg	38,90€
Total:	988,75€

No hay nada sucio en el hecho de pagar por ser madre, sin embargo guardo la factura en la cartera con la misma suavidad con que un putero deslizaría los billetes sobre un pecho desnudo. Algo no está bien en estos números, una injusticia de la que me siento culpable.

Antes de notar el vacío que mis hijas me habían metido dentro, mucho antes de que nacieran, pensaba que las palabras eran lo único capaz de sellar ese pozo sin fondo que es la falta de sentido, el terror. Por eso escribía. Pero las palabras nunca fueron mías. Alguien dijo lápiz y dijo beso y dijo harina y dijo rata mucho antes que yo, miles de años antes. Tanto tiempo que los besos podrían llegar secos a mi boca. Es normal, no se puede tapar el hueco con lo que no es tuyo.

Cuando supe que no podía tener hijos, las palabras se volvieron blancas, igual que mis bragas: inútiles. Entonces empecé a coleccionar todas las mentiras que me había creído. Porque, después de todo, las palabras también son eso.

Nosotras parimos, nosotras decidimos, Just Do It, Pienso luego existo, Lo entenderás cuando seas madre, Voy a dejar a mi mujer, Podemos, Soy tu amigo, Existe una ETA política y otra militar, Me he hecho los análisis y no tengo sida, Que la fuerza te acompañe, A quién le importa lo que yo diga… Me dijeron todas estas cosas. Y todas me las creí. Ser madre, en cambio, sería una forma de verdad. Tenía que serlo.

Cuatro años atrás H1 está en su cuna de plástico transparente junto a mi cama. Acabo de llegar de la sala de recuperación de mi cesárea. Tengo el abdomen y el útero rasgados y recién cosidos. Y me duele cada vez que la miro: un pinchazo eléctrico en el abdomen y la leche empujando y estirando la carne de mis pechos hasta el suelo. La eternidad hiere con la fuerza del instante.

Hombre la ha puesto ahora en mi regazo y ella se enrosca como una promesa. En este momento sé que mientras H1 respire, mi vacío quedará sellado. Ella es la llave de ese otro mundo, de donde habitaré sin fisuras. Y ella es verdad.

El vientre de una madre es un lugar en el mundo. Y llega un momento en que una mujer lo sabe. Y a menudo está dispuesta a lo que sea por acunar en sus brazos ese pedazo de vida donde el mundo tiene por fin sentido. Yo estaba dispuesta a todo. Y era verdad. Y era mentira.

El animal que anida en el agujero de la maternidad es la cría de una serpiente. Y las serpientes son nuestras enemigas desde el primer jardín. «Por lo que has hecho, maldita serás entre todos los animales que he creado —dijo Dios—. Te arrastrarás sobre el suelo y comerás tierra. De ahora en adelante, tú y la mujer seréis enemigas, como lo serán también sus hijos y los tuyos. Su descendencia te aplastará la cabeza y tú le morderás el talón.»

Cuando te quedas embarazada todo el mundo te explica exactamente lo mismo: que no se puede explicar con palabras lo que estás a punto de sentir y descubrir. Que lo entenderás todo cuando seas madre. Pero lo que no se puede decir con palabras se explica sin ellas. Las mentiras son serpientes silenciosas. Y la maternidad es un cuchillo sin empuñadura: imposible agarrarlo sin clavártelo.

MONTAR A CABALLO O A PAÑALES

Imagina un hombre de entre veinticinco y cuarenta y cinco años entrando en una tienda para padres; su primer hijo nacerá en apenas unos días. Imagina que es tu propio padre (si es que tuviste uno), tu novio, el padre de tus hijos o un actor. Si es invierno me gustaría que llevara gabardina, si es verano no quiero que use sandalias (después de todo, esta historia debería ser la mía).

—Venía a comprar mi primera capa de superhéroe —dice el hombre—. ¿Cuánto es?

—Depende —responde el dependiente—. ¿La quiere usted para volar entre rascacielos, para salir fuera de la órbita de la Tierra o piensa utilizarla en planos picados espaciales?

Ahora es otro hombre y otra tienda. Elige de nuevo a quien prefieras que esté a punto de ser padre. Va a comprar un caballo y un revólver, puede que una escopeta (eso aún no lo ha decidido). El sombrero ya lo tiene, estamos hablando de un hombre hecho y derecho. Puede llevar gorra, boina, capucha, visera, gorro de lana o un sombrero panamá, pero lleva cubierta la cabeza, eso seguro.

—¿Cuántas balas quiere? —dice ahora el tendero—. Necesitaría conocer el número de indios que tiene previsto matar usted.

—Es difícil saberlo —responde el hombre—, me he casado con una mujer india y tengo que protegerla a ella y a nuestras hijas mestizas.

—En ese caso no podemos escatimar la munición.

—Estoy de acuerdo.

—¿A qué se dedica?

—Soy obrero –dice el hombre–. Soy escritor –dice el hombre–. Soy camarero –dice el hombre–. Soy médico –dice el hombre–. Todos los hombres.

Imagina ahora que va en serio. Que a todos los niños que jugaron a indios y vaqueros les pusieran flechas y escopetas en las manos, les dieran mujer e hijos y les invitaran de una vez por todas a hacerse mayores. La pregunta es: ¿tiene algo que ver disparar un millón de balas de mentira con matar a un solo hombre?

Tengo treinta y seis años cuando voy a comprar los primeros pañales de mi vida a la farmacia más cercana.

—Creo que ha llegado el momento de comprar pañales –digo señalando mi barriga. He engordado veintiún kilos.

—¿De cuánto estás?

—Treinta y ocho semanas.

—En ese caso, será un embarazo a término, así que no te enseño nada de neonatos. Para recién nacidos vienen a partir de dos kilos y medio y luego ya a partir de tres y medio. ¿Sabes cuánto pesa ahora tu bebé?

—Dos kilos ochocientos gramos, según la última ecografía –respondo.

—En ese caso, a partir de tres y medio. Vas a tener un bebé bien hermoso. En este paquete vienen cincuenta pañales –dice la farmacéutica.

Son preciosos, igualitos que los que usaba el Nenuco Feliz, mi muñeco de cuando era pequeña, mi primer bebé, aquel pedazo de plástico. Los ojos se le movían de un lado a otro cuando le giraba la cabeza. Nunca me deshice de él. En algún lugar del trastero conservo la cabeza en una bolsa y el cuerpo en otra.

—También voy a necesitar chupetes, termómetro, tijeritas y biberones.

—¿Alguna marca en especial?

—Quiero los que usaban mis muñecas de Famosa. Me gustaría conseguir unas funditas de tela con el nombre del bebé bordado en rosa, como los que venían con la Hora del Baño Nenuco. Es lo más higiénico, ¿sabe? Y, si fuera posible, quisiera llevarme también un neceser transparente con pespuntes fucsia, como el que tenía mi Barbie-madre-de-gemelos, ella lo llevaba al parque. Y era una muñeca muy ordenada.

—En este muestrario encontrarás todos los accesorios que necesites. ¿Sabes ya si vas a usar tetinas de látex o de silicona? Las de látex son más suaves, pero ahora hay quien dice que las de silicona no modifican el paladar. Y luego está la opción de no darle chupete, claro.

—Me llevaré uno de cada. Y un termómetro y un biberón.

—¿Vas a darle pecho?

—Por supuesto. Pero con las muñecas no se practica eso. No sé si seré capaz.

—Son cuarenta y dos euros.

Soy licenciada en Derecho, tengo dos másteres, uno en Dirección de Marketing y otro en Creación Literaria, trabajo como directora creativa ejecutiva en una de las agencias grandes de Madrid. En resumen, soy una joven profesional con una vocación enterrada. Aunque ya no tan joven. En realidad, me he hecho mayor. Supongo que por eso estoy comprando pañales. La pregunta ahora es: ¿tiene algo que ver criar un bebé con jugar a ser la mamá de mis muñecos? La triste respuesta es que, en este momento, juraría que sí.

Casi todo lo que sé sobre maternidad lo he aprendido jugando con muñecos a los que alguna vez les arranqué una pierna o les pinté la cara de rotulador. Y no pasó nada. Soy hija única. Ni siquiera he visto a mi madre amamantar o cuidar a otro distinto que yo. Aunque, por otro lado, no creo que tenga nada que aprender de mi madre y sus amigas. Porque yo soy la primera de una estirpe. Yo daré a mis hijas arcos y flechas y bebés y biberones y capas de Batman y pinceles y muchas menos cosas rosas de las que yo tuve. La mujer milenaria que crio a sus hijos sin salir de casa está agonizando, muriendo a solas después de tanta entrega, aislada del mundo por los muros de ese hogar que encerró el universo femenino de MiMadre. Los mismos muros que protegieron ese universo precario y proscrito, ajeno a las reglas de los hombres y conectado por el cable del teléfono verde de la cocina con las cocinas de todas sus amigas. MiPadre murió cuando yo tenía cuatro años y, sin embargo, MiMadre viuda vivió bajo las reglas de los hombres, igual que todas sus amigas casadas, igual que todas las mujeres. A ella siempre le pareció que hacer «lo normal» era una forma de protegernos, a las dos. Pero los muros que protegieron son los mismos que encerraron y yo quiero derribarlos todos. Pienso construir mi propia casa, eso lo tengo decidido.

Detrás del mostrador de la farmacia donde voy a comprar los primeros pañales de mi primer bebé de carne y hueso hay una puerta. Una puerta grande de madera vieja. No había visto una puerta de ese tamaño desde que leí «Ante la Ley», el cuento de Kafka.

«Ante la Ley hay un guardián. Hasta ese guardián llega un hombre del campo y le pide ser admitido en la Ley. Pero el guardián dice que por ahora no se le puede permitir la entrada. El hombre se queda pensando y pregunta si le permitirán entrar más tarde. "Es posible —dice el guardián—, pero ahora no." Viendo que la puerta de acceso a la Ley está abierta como siempre y el guardián se hace a un lado, el hombre se inclina para mirar al interior a través de la puerta.»

Kafka no describe la puerta de la Ley en ningún momento, pero es evidente que se trata de la misma puerta que tengo delante. Y la farmacéutica es, como no podía ser de otro modo, mi guardián. La puerta está ligeramente abierta, pero no puedo ver lo que hay detrás. El mostrador me impide asomarme todo lo que necesito.

El campesino de Kafka se pasa la vida entera ante esa puerta, esperando su momento, hasta el mismo día de su muerte. Entonces, con su último aliento, pregunta al guardián como es que, si todos buscan la Ley, él es el único que ha pedido permiso para entrar en tantos años. El guardián le responde al oído con voz atronadora: «Nadie más podía conseguir aquí el permiso, pues esta entrada solo estaba destinada a ti. Ahora me iré y la cerraré». Y fin del cuento.

Me da miedo. No estoy segura de querer pasar, pero es evidente que esta es mi puerta y que lo sé porque he leído más que el campesino. Yo no voy a esperar hasta mi muerte para abrirla. Aunque tampoco puedo cruzarla ahora. Temo que me llevaría a la misma habitación donde acuné a mi primer muñeco y que me veré anciana abrazada a ese mismo juguete.

He estado preparándome desde que era una niña para comprar unos malditos pañales de verdad. Y ahora que por fin está pasando, resulta que no estoy a la altura. He sido madre de todos mis muñecos hasta que, mucho después, ya con ocho o diez años, mis otras muñecas, las que tenían tetas (Barbie, Nancy, Chabel…), fueron madres de sus propios hijos antes que yo. ¿Dónde están ahora mis viejas amigas?

—Cuarenta y dos euros —repite la mujer al otro lado del mostrador.

—Sí, perdone —respondo.

Y tecleo con dedo firme mi número secreto en el datáfono que me ofrece la mano ajada de la farmacéutica, otra científica. Y abro con mi clave la puerta del dinero. Miro de nuevo la enorme tabla de madera a espaldas de la señora. Estoy segura de que también conozco su contraseña.

Esa misma noche camino con pies de gato y en pijama hasta la puerta de la farmacia. Sé que debo cruzarla, sé que está ahí para mí, esperándome.

Estoy caminando descalza por los adoquines centenarios del centro de Madrid hasta la farmacia de puertas de cristal de la esquina. El pantalón se arrastra por el suelo porque en Primark he comprado un pijama para una giganta. Talla XXL: perfecto para una mujer con una cintura como la mía −71 kilos en 1,67 cm− pero muchísimo más alta. Llevo el pijama de una giganta y es posible que me encuentre con una al cruzar el umbral. ¿Y si fuera una matrona inmensa? Eso o un unicornio con el cuerno rosa.

¿Hay alguien ahí? Estoy llamando a la puerta, que se abre sin que nadie responda al otro lado. La farmacéutica debe de estar dormida. Está muy oscuro. Nada ni nadie ahí dentro, solo negrura. Oscuridad hasta que los ojos se acostumbran y empiezan a distinguir la luz de las tinieblas. Se dibujan entonces los contornos de la habitación y de las figuras que la habitan. Al principio parecen maniquíes, tan quietos, pero pronto distingo los primeros gestos. Son mujeres lo que veo, por fin las veo. Son muchas y charlan en pequeños grupos. No alcanzo a distinguir el final de la estancia, puede que sea un garaje en vez de una habitación o la sala de armas de un castillo. Pero es inmenso y diáfano. El ágora de un poblado con suelos de hormigón. Ni un solo hombre. Todas están descalzas, como yo.

Una alta, grande y rubia, la más fuerte y frágil de todas (los ojos transparentes y brillantes como un relámpago), se acerca y me agarra las dos manos.

−Te estábamos esperando −me susurra al oído−. Bienvenida.

−Pero yo no debería estar aquí −digo pidiendo unas disculpas que la desconocida no merece−. Me gustaría irme ahora mismo.

−Vete entonces −responde−. Solo que hay algo que debo decirte antes de que te vayas.

−Date prisa −respondo.

—Cuando nazca el bebé, no derribes todos los muros. Conserva al menos uno. Recuerda que, incluso en las mejores playas, el viento puede ser terriblemente molesto. Y procura que una madre vieja te acompañe. Sabrá más ella por haberse equivocado que tú por todas las veces que estás dispuesta a acertar.

—¿Volveré a verte?

—No creo. Esta entrada estaba destinada a ti solamente. Y ahora que has venido, la cerraré.

EL FRACASO Y LA GOMA DE MASCAR

No miro al cielo. Nunca miro al cielo. Y no sé si así voy a conseguirlo. Pienso todos los días en la muerte. Me encanta el sexo. Me rellena de otra vida, me llena. Rellena el hueco. El sexo me pone en mi sitio, pero no dará a mis hijos el suyo.

Los médicos, por definición, no dan garantías de nada. La doctora tiene el pelo negro y lleva una trenza de raíz donde no queda un cabello suelto. El pelo tan tirante como la cuerda de un arco antes de disparar. Sus palabras son flechas. «Depende en gran medida de la edad de la mujer y de las causas concurrentes que han determinado la indicación del tratamiento. En general la media de embarazo por ciclo se encuentra entre el 45-50 por ciento, aunque existen desviaciones en función de cada caso. La tasa media de embarazo acumulada en tres ciclos es aproximadamente del 75 por ciento. Y el porcentaje de aborto por ciclo es aproximadamente del 15 por ciento. En caso de transferir embriones descongelados, el porcentaje medio de embarazo es de un 25 por ciento por cada intento, siendo del 35 por ciento con embriones desvitrificados.» Calculo mis probabilidades de ahorrar los treinta mil euros que me costará acceder a un poco probable 80 por ciento de posibilidades de ser madre.

Los médicos no dan garantías. La doctora ha estudiado mucho pero no va a contestar a ninguna de mis preguntas.

No importan los meses o años que se alargue el tratamiento. Los buenos médicos nunca hablan sobre lo que no saben, porque creen en la ciencia. Los buenos escritores solo hablan de lo que no saben, porque creen en la magia. Claro que, por otro lado, no hay ciencia sin poesía. La doctora y yo deberíamos poder entendernos.

Ella sigue recitando sus números mágicos, como si estuviera haciendo un hechizo ritual. Cuando termina dice: «Tenéis que firmar el consentimiento sobre qué hacer en caso de que el padre fallezca durante el tratamiento. La ley indica que los embriones se podrían transferir hasta doce meses después de la defunción en caso de que así lo indiquéis. Es un poco engorroso el documento, pero es obligatorio completarlo para empezar». Pienso que una mujer como ella no podrá ayudar a una mujer como yo.

«D._____, mayor de edad, provisto de DNI n.º _____ desea que su material reproductor (en el caso de estar criopreservado en el centro) pueda utilizarse en los doce meses siguientes a su fallecimiento para fecundar a Dña._____ y que así se determine la filiación del hijo nacido de ambos (redondear con un círculo la opción elegida).»

Él redondea sí antes de escribir su nombre. La doctora va a por el datáfono para que pasemos la tarjeta y efectuar la factura. «Polvo enamorado», bromeo mientras ella se aleja. Y Hombre me guiña un ojo. Me ha guiñado un ojo otras veces antes, siempre cuando nadie nos mira, siempre que estamos metidos en un lío.

A continuación, firmamos todos los papeles, cada uno en su silla.

Aparte de la doctora hay tres tipos de mujeres que toman la palabra sobre el destino femenino en las clínicas de fertilidad: actrices, princesas y esposas de futbolistas. En la sala de espera siempre están ellas. Ellas y sus sentencias definitivas sobre la maternidad a todo color, tan delgadas y tan recién paridas cada vez que abren el pico. Mujeres que son imagen siempre de alguna marca, mujeres que desdibujan las imágenes de mujeres que no nacen del mercado. Todas nosotras: las infértiles, las viejas y las lesbianas hojeando hipnóticamente las sentencias en revistas de corazón, moda o belleza. En el tipo de revistas que se supone que leemos las mujeres. La tesis, según la experiencia de las protagonistas, es siempre la misma: tener un hijo es la confirmación exterior definitiva de que mereces estar viva. Y a partir de aquí puede haber matices. Por ejemplo, Penélope Cruz: «Tener hijos es como tirarte de un precipicio, te cambia la vida para siempre pero también te enseña a volar. La maternidad es la experiencia más divertida del mundo».

Lo peor que te puede pasar en la sala de espera de la clínica de fertilidad es estrenar tampax y notarlo dentro durante una lectura de este tipo. «Ser madre me ha cambiado la vida. Es una de las experiencias más fuertes de mi vida», sigue Penélope, que ha dejado de tejer el sudario y ya no espera. Compruebo que para algunas artistas los hijos son potenciadores naturales de su talento. Como Shakira: «La maternidad me ha cambiado hasta la voz».

Las clínicas privadas de fertilidad están llenas de revistas del corazón porque son la mejor herramienta de marketing para el negocio. Las actrices hablan de vacaciones en familia, de su próximo proyecto. Las esposas abren los vestidores de sus bebés, porque hay bebés que tienen vestidores. Todas repiten que están felices, que todo va a salir bien, que jamás habían pensado que pudieran estar tan completas, que el padre elegido es sin duda el mejor hombre sobre la tierra, espejo natural donde reflejar a la mujer ídem.

Hay una imagen que ilustra la maternidad en estas revistas, tan potente como el pesebre de Belén a la familia. La mujer vestida con ropa doméstica (preferiblemente camisón) mira a su bebé o a su barriga recostada en un sofá o una cama. Y el hombre, con ropa de calle (preferiblemente traje), los mira a ambos desde la esquina opuesta de la habitación. Él está a punto de irse de casa o acaba de llegar. Ella es la casa. Y el bebé es una habitación nueva. Después se hacen una foto todos juntos. Miran a cámara y sonríen al clic. Dicen que todo saldrá bien, aunque alguna cosa haya salido mal, aunque algún bebé esté enfermo, aunque aborten. Da igual, ellas desean tener. Y tienen. Y eso da muchas ganas de reír. ¿Te imaginas que bastara con tener? Exhiben tatuajes con los nombres de sus crías en lugares íntimos a la vista de todo el mundo: antebrazo y parte interior de la muñeca son los preferidos. Y todas cuentan la misma historia: ser madre es un milagro capaz de convertir a cualquier mujer en una mujer mejor. Ese es el mito de la maternidad. Mito y timo se escriben con las mismas letras.

La idea de que las mujeres nos realizaremos como individuos a través de la maternidad es un valor universal en todas las culturas: ser madre es la oportunidad de cualquier hembra (porque todas las hembras pueden hacerlo, también las hembras mediocres y las poco agraciadas: todas menos las estériles) de pisar la luna sin moverse de casa, de realizarse íntimamente, de explorar el universo rascándose la barriga. Treinta o cuarenta mil euros me parece muy poco dinero en la sala de espera de la clínica de fertilidad. Porque ser madre me dará superpoderes, me engordará y me preñará de sabiduría y de valor y de verdad. Y, lo más importante, será una experiencia inolvidable.

A veces creo que hemos convertido la maternidad en cómplice de la mediocridad. Que levante la mano quien no haya visto a una mujer decirle a otra: «Lo entenderás cuando seas madre». La que dice esa frase es siempre la más tonta de las dos. Y ya lo peor. Una mujer diciendo a otra mujer mayor que ella, brillante, independiente, sin hijos…: «Lo entenderías si fueses madre».

Si masticas el fracaso hasta convertirlo en una enorme bola de chicle, no te quedará ninguna esperanza entre los dientes. Ni siquiera un pedacito de goma de mascar. Nada.

Después de que te enchufen una pareja de embriones no puedes follar. Dicen que es por seguridad, pero yo creo que es para que no quede ninguna duda de que debes tus hijos a la Ciencia. No se puede follar en quince días. Nosotros no haremos el amor en las cuatro semanas de espera. Yo hubiera preferido no comer, no moverme, no hacer pis, no dejar que el embrión escape, solo guardar su espacio. Dará igual. Mi espacio no se llena. Seguirá vacío a pesar de la abstinencia.

Visto con perspectiva, no sé cómo lo superé. No hablo de la infertilidad y los pinchazos y las hormonas y las analíticas y las esperas y la vuelta a empezar, leves tropiezos clínicos. Me refiero estrictamente a las revistas del corazón en la sala de espera. Me parece verosímil meterse en el baño reluciente de la clínica con un paquetito de cuchillas Gillette en el bolso y acabar con todo. O sacarle brillo, cualquiera sabe. Fregar el baño donde han meado todas las infértiles antes que yo y recoger la orina rosácea de las por fin preñadas, ese poder alquímico de la vida capaz de convertir la tira blanca de un test de embarazo en una afirmación rosa bebé. Al final solo usaba test electrónicos de la marca Clearblue. Se comunican con la usuaria con palabras que se escriben en una pantalla digital. Y puedes leer: «No embarazada». La jodida ausencia de la rayita rosa no significa «Not pregnant», el folleto miente. La ausencia de la doble rayita es pura alquimia y lo que quiere decir es: «No tienes magia. Tu orina huele a pis, olvídalo».

Yo tuve suerte: encontré a Jen en la sala de espera. Jennifer Aniston me salvó la vida: «Tener un bebé no mide mi felicidad o el éxito de mi vida, mis logros o cualquier otra cosa» y «La maternidad no determina el valor de una mujer». Vivimos en un mundo donde las palabras de Jen son un titular extraño, el principio de un debate y no una verdad universal como la nueva voz de Shakira. Digámoslo una vez más, Jen: «La maternidad no determina el valor de una mujer». Ella no es madre, pero las dos hemos llegado a la misma conclusión por caminos distintos: «La maternidad no determina el valor de una mujer». Solo que yo alargo un poco más la frase, dos hijas después: «La maternidad no determina el valor de una mujer que no ha sido madre». ¿Qué pasa con las demás? Las buenas notas determinan el valor de una estudiante y el buen sexo el de una amante y el buen trabajo el de una profesional y la buena marca el valor de una atleta y los buenos libros el de una escritora... ¿Qué determina el valor de una mujer después de ser madre? ¿Y con quién deberá compararse: con hombres, con mujeres sin hijos? ¿De cuántas horas al día dispone una madre para vivir de nuevo como si solamente fuera una mujer, sin pensar, cuidar o atender a su criatura? ¿Y si además consigue un salario para alimentar a esa criatura y la lleva al colegio y la consuela por las noches y la alimenta con su leche?

«Nunca había tenido sentimientos de inferioridad por ser mujer; nadie me había dicho: piensas así porque eres una mujer. La feminidad nunca había sido una carga para mí −explica Simone de Beauvoir sobre su forma de pensar antes de escribir *El segundo sexo*−. Para mí ser mujer no ha pesado nada, le comenté a Sartre.» Así solía pensar Simone antes de ponerse a pensar en serio sobre su condición de mujer. Bien, hay muchas mujeres para las que ser mujer no pesa, incluso después de que les expliquen el peso de todo lo que no ven y el peso con que cargan en el mundo todas las mujeres que no ven. En cambio, no he conocido ni leído a ninguna para quien la maternidad no haya pesado antes o después. Eso ha estado siempre tan claro que no ha hecho falta escribirlo.

Está el peso y está la música. Es todo verdad y todo al mismo tiempo. No importa lo que leamos sobre maternidad ni dónde lo encontremos: da igual si es una actriz emocionada o una madre arrepentida, siempre hay una palabra subterránea que atraviesa el texto. Incluso en las revistas del corazón, también en ellas puede escucharse la música de la vida y algunas veces, a lo lejos, ya casi inaudible, la letra de una melodía.

«Buscar al hijo», escribí en el cuaderno de notas que llevaba entonces y leo ahora. No es el copy de una famosa. También he oído a MiMadre decir a una amiga eso mismo: «Mi hija lo está buscando». Está en todas partes, presta atención y verás que nos reproducimos porque en algún momento buscamos. Se dice así: estamos buscando al niño, vamos a por la niña, se han puesto ya a por ello, él siempre se quedó con ganas de buscar al tercero, lo hemos hablado y vamos a por él... Pero ¿dónde va todo el mundo? ¿Dónde buscan a sus bebés? ¿En una clínica mejor que la mía?

Antes de que me inseminen los embriones fecundados y vitrificados, me los muestran en una pantalla. Son brillantes y azules. Flotan como luciérnagas sobre el agua. Están increíblemente vivos y a pesar de eso no se quedarán conmigo. A pesar de ser de una calidad genética excepcional: grupo A, según celebró la genetista. Los mejores tendrán que fracasar antes de que la doctora me introduzca la jeringuilla plateada con los microscópicos embriones de peor calidad en la punta, los que usamos una vez descongelados antes de empezar otro ciclo... Lo descongelado, ya se sabe, siempre pierde un poco. Pero yo no voy a buscar a mi hija a un laboratorio. No quiero expectativas ni certezas, no son necesarias donde me dirijo. Ya no. Tener un hijo es aceptar esa búsqueda impotente y mortal que llevamos dentro y, al mismo tiempo, confiar en el soplo de eternidad que nos cerrará y abrirá los ojos.

Esa clase de búsqueda mortal y definitiva es la que nos hace madres, a mujeres y hombres. No es engendrar. Es levantar la mirada por encima del hombro pesado de la tierra. Y sentir que algo está bien. Y confiar. Y esperar.

Ahora lo sé. Desde el potro ginecológico donde abro las piernas para recibirte, con la mano de tu padre posada en el brazo de una silla verde en la esquina opuesta de la habitación, muy lejos de mí, lo sé. Busco, luego soy madre. Llegues o no, en este momento, justo ahora: yo soy tu madre.

El potro salvaje es un trono. Y desde aquí arriba, con la mente fría como el acero bajo mis muslos, lo sé: soy tu madre y escribiré sobre ti.

Yo soy Beatriz, quien caminar te hace;
vengo de un sitio al que volver deseo;
me mueve amor, que a hablar me obliga.

Dante, *Divina comedia*, canto II, vv. 70-73

EL DESEO

Hay algo perverso en desear tener un hijo. Algo turbio. Yo lo sé, lo supe desde el principio. Y, sin embargo, ahí estaba: el útero palpitando como el sexo antes de ser satisfecho, de la barra del bar al potro ginecológico.

Que nadie se equivoque. La maternidad es un deseo tan vacío como puede serlo el amor. ¿Quién no ha dicho alguna vez te quiero solo porque necesitaba cambiar de tema? El amor puede ser un refugio del desamparo y la intemperie. O puede ser amor.

Dices quiero ser madre y todo el mundo reverencia tu osadía, eres la reina. La familia, el jefe y los amigos agachan la cabeza y se comportan, por una vez, como si la vida tuviera algún sentido. MiMadre no. Ella dice: «Es que no me imagino cómo puede desearse algo así. Los hijos no se desean, se tienen nada más. Yo, de haberlo pensado, creo que nunca te hubiera tenido. No es que me arrepienta. Pero desde el día en que naciste y hasta que me muera, seré tu madre».

La mayoría de las mujeres son como MiMadre. Mujeres a las que los hijos les llegaron o les van a llegar así, sin más. La vida se los concederá, hagan lo que hagan. Como cuando mi amiga Liliana me hablaba, poco antes de quedarse embarazada, sobre su ausencia de vocación maternal. Qué más daba. Los hijos necesitan una mujer para nacer, no su deseo. Salvo en los casos defectuosos, como el mío.

Una mujer llora desesperada en una cocina con grasa en los fogones y una pila de platos en el fregadero. Hay un baile al que no podrá asistir y un príncipe al que no conocerá. Entonces aparece un hada que le regala unos zapatos de cristal y un vestido azul celeste. Convierte una calabaza en su carroza y la envía a triunfar a la fiesta.

Un hombre está dormido. No llora ni se lamenta, solo descansa. Reposa la cabeza sobre una piedra que usa como almohada. Ahora sueña. Ve una hermosa escalera que une el cielo con la tierra por la que suben y bajan los ángeles. De pronto, Dios está junto a él. Viene a regalarle un camino en vez de una carroza. Y le dice: «La tierra en la que estás acostado te la doy para ti y tus descendientes. Tu descendencia será como el polvo de la tierra y te extenderás al poniente y al oriente, al norte y al mediodía; y por ti se bendecirán todos los linajes de la tierra, y por tu descendencia».

Dios es un hombre que habla a otro hombre. No hay ángeles ni escaleras para las que desean, solo decepción y zapatos brillantes.

Deseo.

Tener.

Hijo.

Tres palabras.

Deseo + tener. ¿Cuánto resta el verbo tener al mejor de los deseos?

Te deseo amor, deseo ese bolso, deseo salud, deseo casarme contigo, deseo publicar este libro, deseo una casa. Y ahora: te deseo tener amor, deseo tener ese bolso, deseo tener salud, deseo tenerte casado conmigo, deseo tener un libro publicado, deseo tener una casa. La posesión es una trampa, siempre lo ha sido.

Tener + hijo. ¿Acaso no es esto aún peor que lo anterior?

Se empieza deseando tener un hijo y se termina declarando al menor ante la Agencia Tributaria. Hay una casilla para la hipoteca, otra para los hijos y otra para el salario. Las palabras son una trampa: estamos seguros de que lo que se puede tener se puede comprar.

Deseo + hijo = Problema. Porque un deseo cumplido es un deseo acabado.

Cumple el mejor de tus sueños o cumple dos o cumple tres, como si encontraras al genio de la lámpara. Échale diez años encima y verás lo que pasa. Se da de sí. Los deseos se dan de sí como las bragas. Mis favoritas, por ejemplo, eran de gasa estampada con flores verdes y rosas. Fueron las mejores muchas mañanas, hasta que un día me las puse y no se ajustaron a mi piel, como si fueran de otra mujer. Tuve que tirarlas. Cuando eso sucede, es imposible saber si cambió primero la carne o la prenda. Claro que con el paso del tiempo suele pasar que ya nada es lo que era.

¿Acaso el tiempo no se posará también sobre mis hijas? Yo creía que no. Estaba segura de que no. Y muchas noches me lo repetía, antes de ellas. «Deseo tener un hijo», pensaba. Y también se lo decía a Hombre al oído. Entonces él me acariciaba el pelo o la nuca antes de quedarnos dormidos.

Deseo + tener + hijo = Error.

Desde el punto de vista del tener daría igual adoptarlo. Por ejemplo, si deseas tener un perro, todo el mundo sabe que lo mejor es adoptarlo. No importa si es un cachorro o si ya tiene una edad, está claro que los perros adoptados son más nobles. Justo al revés que los niños. Y sus dueños se sienten mejores personas que los que compran un animal en una tienda: cada raza tiene un precio, aunque todos sabemos que está mal pagar por este tipo de cosas.

Yo no quería adoptar. Sin embargo, sabía que pagar por tener un bebé de mi propia genética estaba mal. Mucho peor que comprarse un dálmata en un criadero. Sin lugar a dudas, la adopción era para mí la única opción moralmente aceptable. Pero yo quería un *niño de raza*.

Por suerte, existe un acuerdo social respecto de lo que una mujer infértil —o una mujer sola, o un hombre solo o dos hombres— o cualquiera que *desee (+) tener (+) un hijo* debe hacer para ser madre: gastar todo lo que tenga más varios créditos antes de adoptar un bebé. Vivimos inmersos en la ideología de la diferencia y la singularidad por la cual nos sentimos tan únicos y diferentes al resto que queremos aportar esa diferencia a nuestras crías. Sin embargo la ideología es siempre un velo sobre la verdad: nuestro ADN es un 99,9 por ciento igual al de cualquier otro ser humano. Las diferencias entre unos y otros (no importa sexo o raza) es genética y objetivamente irrelevante. Sin embargo, gracias a la ideología del narcisismo y la singularidad, pagar por ser madre (o padre) sin intentar adoptar un niño que ya existe y necesita una madre es un deseo cuya ética nadie cuestiona.

Las mismas personas que adoptan perros encantadores y se oponen públicamente a la compra y mercadeo de cachorros de una u otra raza pueden explicarte que un humano recién nacido (no digamos ya si ha cumplido uno o dos años) nunca es trigo limpio. Puede que no sea lógico, pero es humano: los niños no son perros. Desde luego, eso es lo que se comenta en las clínicas de fertilidad y en los foros de internet. Adoptar un bebé es jugar a la ruleta: podría tocarte uno enfermo, feo o desobediente, podría ser tonto o de otra raza y hasta desarrollar hábitos de conducta intolerables. ¿Quién desearía tener un hijo así? Por suerte, como todo el mundo sabe, los hijos biológicos son predecibles y siempre salen bien.

Evidentemente, una persona que *desea de verdad tener un hijo* no quiere en ningún caso adoptarlo. Porque la diferencia entre un hijo biológico y uno adoptado es que al adoptado no te lo puedes inventar. En cambio, al biológico puedes echarle encima todo el deseo y toda la posesión que te apetezca. Un hijo adoptado, al contrario, nunca será tuyo del todo, no en exclusiva, porque se resiste a la idea de posesión. Y, para algunas personas, para gente como yo, eso lo empeora como hijo. Un hijo adoptado exige un sentido del amor y del mundo que yo no tenía.

Así que engordé mi deseo materno con toda la fuerza de mi imaginación y mi ideología, como se engorda a los monstruos. Y así fue. En secreto, sin decírselo a nadie, deseé que mi primer hijo fuera, en realidad, una niña. Más concretamente, una niña sana. E inteligente. Una niña que tendría rizos hasta los dos o tres años, después mejor no. A quien le gustaría más leer que sumar. Capaz de cuidar a sus amigos y de habitar esta vida con la pasión que merece. Huelga decir que mi hija imaginada sería una niña feliz. Los hijos biológicos siempre lo son. Feliz y de ojos castaños. ¿Quién no querría tener un hijo así?

Por suerte para mis hijas, las personas no somos perros. Y, en ocasiones, los seres humanos pueden sobreponerse incluso a sus madres.

Y VIO MADRE QUE TODO ESTABA BIEN

La planta de recién nacidos de un hospital tiene una sombra tenebrosa, con todas esas flores muriendo en los pasillos. No se abren las ventanas en los hospitales y eso hace que las flores huelan aún más fuerte, metidas en sus plásticos, con los tallos estrangulados por los enormes lazos. Todas las noches las sacan de las habitaciones porque dicen que es malo para los bebés, dicen que les roban el aire (o eso dice MiMadre). Y parece que lo piensa todo el mundo porque es como si hubiera una competición entre las puertas de las habitaciones. Qué raro, en esa habitación no hay flores: estará dilatando. Solo dos ramos: eso es que acaba de nacer.

A MiMadre le gusta tener que sacar las nuestras al pasillo. Está orgullosa de ellas. En sus macetas, en sus cestas de mimbre de colores o en los botes de vidrio –donde antes había tomate frito– que MiMadre ha conseguido para meter en agua las que llegan sin recipiente alguno. La madre que recibe más flores es la más afortunada. Es como si el bebé más celebrado fuera a ser más encantador, más listo y feliz que el resto.

La última noche hay tantas en mi habitación que tiene que amontonarlas en mi puerta, como solo he visto hacer en los funerales. Siento como si la bruja mala que no invitamos al alumbramiento fuera a llegar de un momento a otro. «No importa cuánta gente te quiera, hija mía, tarde o temprano alguien intentará hacerte daño.»

Aunque no hace falta que llegue la bruja. La primera maldición es precisamente ellas, todas estas flores, tantas expectativas. Todos esos pétalos cayendo como deseos arrancados sobre su carita, uno tras otro, hasta que no puedas respirar. Flores que morirán en apenas unos días.

Algunas mujeres dicen que el día del nacimiento de su primer hijo es el más feliz de su vida. No fue así para mí. Vértigo y luz, creo. Como cuando de pequeña veía los fuegos artificiales caer sobre el mar con las manos tapándome los oídos y gritando tan fuerte como podía, sin oír otra cosa que el estallido de colores. Esa clase de grito radiante y fatal que sueltas al bajar de una montaña rusa en una feria de pueblo, una de esas donde los operarios que han montado la atracción llevan los vaqueros rotos a la altura de las rodillas y el chico que te gusta se aprieta por primera vez a tu cintura.

Tuve que recoger la pólvora de mi primer petardo, la primera mentira de aquel chaval y todo el miedo que cabía en mi corazón. Justo entonces me dijeron que habría que hacer cesárea. Anestesia raquídea. Y sentarme muy recta, a la espera de la punción que durmiera mi cuerpo para recibir.

Un pinchazo entre las vértebras y el mundo se deshace empezando por la punta del dedo gordo de mi pie izquierdo. Ahora los dos. No siento los dedos de los pies, no tengo pies. No siento las rodillas y pierdo los bíceps, se me borran los muslos y hasta el sexo. Pero puedo ver y oír perfectamente después de eso. También oler. Es solo que el cuerpo desaparece y nada pesa. Se apaga la carne, nada más. El alma sigue intacta, puede que más despierta; ahora que el cuerpo es silencio, no hay interferencias. Y así te espero, desnuda y abierta, literalmente abierta sobre el acero higiénico de la camilla.

H1 llegó con los ojos pegados y los puños cerrados y oí ese primer llanto suyo, suave como un pájaro en mi pecho. Y hablamos. «Bienvenida, H1. Soy tu madre. Es todo lo que debes saber para estar aquí. Porque ya estás aquí.»

CANTAR UNA NANA

La primera palabra, la primera de todas, la pronunció una mujer. Un ruido apaciguador, casi un gemido. Yo había estado muda antes de mis hijas entre tanto ruido. Ruido de palabras, de currículum, de libros, de música electrónica.

Lo descubro la noche que canto una nana para H1: ni siquiera es una canción, es quizás solo un ritmo o un rito. Mi primera palabra sin juicio ni pensamiento.

H1 lleva llorando toda la noche: tengo los pezones rojos de ponerla al pecho. Le he cambiado dos pañales casi secos, Hombre ha paseado su llanto gritón arriba y abajo del pasillo, le he dado un masaje anticólicos con aceite de caléndula, la he envuelto en el abrazo apaciguador de su arrullo preferido, he colocado cojines a los lados de la cuna para que no le asuste la inmensidad que es la vida fuera del útero, la he metido en mi cama, la he abrazado, le he hablado, he vuelto a darle de comer. Pero H1 sigue llorando. En realidad, las dos lo sabemos, va a llorar toda la noche. No sirve de nada esperar, no hay un motivo ni una razón. Su llanto es un hecho y como todo dolor no se puede anticipar su llegada ni planificar su final. Así que nos vamos al salón para que al menos Hombre (uno de los dos) pueda dormir.

El suelo está muy frío junto al ventanal. Vivimos en un cuarto piso del centro de Madrid desde donde puedo ver otras ventanas, otras casas, otros silencios donde no hay llantos ni luces salvo el parpadeo dorado de un televisor de madrugada, ese otro fuego. Hay un único deseo, una sola razón para vivir aquí y ahora: dormir. Hay un solo temor: conseguirlo de pie, cerrar los ojos, dejarla caer.

Empiezo a contar despacio, calmada como si no escuchase esa furia aguda.

Uno, dos, tres, cuatro (…) veinticinco, veintiséis (…) cincuenta y cinco, cincuenta y seis, cincuenta y siete (…) ciento veintitrés, ciento veinticuatro…

Contar es una forma de consuelo. Cuento mientras asumo que no sé cómo tratar con H1. Soy una madre incapaz de calmar a su hija. Lo único que hago es medir cuánto vamos a resistir y quién de las dos caerá primero.

La vecina de enfrente (segundo derecha) se asoma al balcón con su bata de felpa roja y su pitillo. El pelo atado y las gafas de pasta negras que nunca lleva cuando nos cruzamos en el mercado. Me encanta cuando aparece, me alegra instantáneamente. Sale a fumar con su manto rojo y yo siento la misma emoción que cuando de niña el cuco salía de su reloj suizo en mi habitación. Nunca hemos hablado, pero la mujer roja me conecta con la alegría interna de las horas. Ojalá se fume dos.

Mi vecina se frota los brazos para protegerse del frío antes de entrar y yo miro a H1, que suspira y abre dos enormes ojos de búho. Soy una madre que no sirve, que no logra dormir a su único bebé. H1 no parece feliz ni inteligente en este momento. No es la hija que imaginé. Ni siquiera es rubia. H1 es una extraña que no deja de llorar.

Uno, uno, amigos de ninguno.

Dos, dos, el sonido de mi voz.

Tres, tres, viajaremos otra vez.

No sé si me estoy inventando la canción o si alguien me la cantó para dormirme alguna noche. Creo que es una mezcla de las dos cosas. Recuerdo pedazos y me invento otros. Pero una vana alegría emerge en cada rima.

Cuatro, cuatro, nos vamos al teatro.

Cinco, cinco, te abrazo y doy un brinco.

Recito números que no sirven para medir el tiempo.

Seis, seis, si me escondo no me veis.

Siete, siete, quiere mi bebé chupete.

Ocho, ocho, haremos un bizcocho.

H1 me mira de esa forma precisa e inquisidora en que observan los recién llegados a una fiesta o a un trabajo y deja caer sus párpados como una manta sobre el frío.

Nueve, nueve, este ritmo es muy breve.

Me parece por un instante que soy capaz.

Diez, diez, repítelo con rapidez.

Es un hecho. Puedo hacerlo. Estoy cantando una nana para H1.

Todos los días son blancos,

todas las noches son negras,

y las tardes son azules

y las mañanas son menta.

La pelea ha terminado. H1 duerme profundamente en mis brazos. Mi pequeña ha luchado a muerte contra toda la lógica y los manuales y las soluciones que intento inocularle cada vez que llora. Y ha vencido. Así que canto su victoria.

Había una vez un barquito chiquitito,

había una vez un barquito chiquitito

que no podía, que no podía,

que no sabía navegar.

Son las cuatro de la mañana cuando ya no pienso en acostarme ni acostarla. Quiero seguir aquí toda la noche, todas las noches. Ahora canciones conocidas, letras que se cumplen en una voz irreconocible que es la mía.

«The Man Who Sold the World» (Nirvana), «Hold On Hold On» (Marianne Faithfull), «Compartir» (Carla Morrison), «Hallelujah» (Leonard Cohen), «The Greatest» (Cat

Power). Voy a cantárselo todo, hasta lo vergonzoso. «Bamboleo» (Julio Iglesias), «La de la mochila azul» (Pedrito Fernández), «Bajo el mar» (*La sirenita*)...

He estado sola hasta esta noche, pero de repente puedo sentirlo. Justo debajo de su cabeza late mi corazón. Y a su lado palpita acelerado el de H1. Y en la casa de enfrente, perezoso, el de la vecina. Y los tres juntos marcan el paso de la noche que atravesamos juntas.

H1 agarra con su mano de gorrión uno de mis dedos para sacarme, lentamente, de mi jaula. Abre las puertas de nuestro balcón y juntas saltamos al vacío negro de la noche. Podemos volar.

Y volamos. Y llegamos muy alto, hasta la cumbre de una montaña desde la que se ve brillar la tierra a lo lejos. Y desde la cima del mundo hablo a mi hija.

H1, voy a darte lo único que nadie te podrá quitar.

H1, un día vivir será una herida y tendrás que curarte con una canción.

H1, otra mujer podría amamantarte, pero este alimento solo tu madre puede dártelo.

H1, nunca recordarás esta noche y, sin embargo, siempre será tuya.

Mucho tiempo después de la primera vez, llegaron otras, muchas más nanas y muchas más noches.

Pasaron años antes de que escuchara a Clara Janés cantar su poemario *Kampa*. Entonces ya había nacido H2. Volvía a ser de noche, pero la niña era yo.

a mor
a mor va
mora va
murmura va
murmuraba
murmuraba.

Lo había leído antes y no había entendido nada. Ni siquiera que nada había que entender. Pero las palabras se hicieron magia en su voz. Clara había escrito un auténtico conjuro hacia ese no lugar que es el consuelo cuando lo cantan para ti.

Janés no tiene televisión, ni teléfono móvil ni está en Facebook (sí está en cambio en la Real Academia, quizás por habitar algún otro espacio). Ella canta sus poemas con una voz que es un finísimo hilo de luz, a veces a punto de romperse y otras a punto de cegar el mundo.

La noche en que la conocí, en un taller literario, contó con tristeza, para nuestro selecto grupo de aspirantes a escritores, que una vez entraron a robar en su casa y se llevaron una medalla de oro, muy valiosa para ella puesto que era un regalo de Václav Havel. Dejaron cuadros, libros y obras de arte de mayor valor. Pero extrañaba Clara, tanto tiempo después, aquel brillo valioso que nada tenía que ver con el precio del objeto. El oro puede ser una estrella fugaz. O puede ser oro.

Las madres buscamos ese instante dorado, a veces pagaríamos por él. A veces amamos por él, por ese brillo que marca el camino hacia el amor pero no es amor. Porque es brillo. Podemos entregar nuestra vida a una estrella fugaz. O a un fuego fatuo.

Clara y sus ojos transparentes viajaron la noche en que la conocí hacia sus conversaciones muchos años antes, esos ojos atravesando otra vez el tiempo. Y yo pensé que no estamos solas, que existen otras buscadoras de oro, todas las que vinieron antes.

Por suerte y supongo que a su pesar, Clara está en YouTube y puedo escucharla cantar *Kampa* siempre que quiero.

CUANDO H1 LLORA, HOMBRE SONRÍE

Ningún hombre es tan perfecto como el que cuida de tus hijos, como el que cuida de tu primer hijo. Ningún hombre es tan perfecto como Hombre acunando a H1.

Hombre tiene treinta y nueve años y es profesor de Historia de las Ideas en la Universidad Complutense de Madrid. Él vive fuera del mercado, protegido por su facultad, que en realidad es una jungla peligrosa donde nadie se siente a salvo. Sus vacaciones de verano duran casi tanto como una baja maternal, así que cuando nació H1 nunca me sentí sola. Hombre habla griego y ha dedicado los dos últimos años a un estudio sobre los pensadores isabelinos (John Dee, Christopher Marlowe, Walter Raleigh y ese tipo de gente). Hombre cree en lo que hace y es el único dueño de su trabajo. En este sentido, es un sujeto poco común.

Se supone que el mundo es el mismo si un hombre sale en busca de una ballena blanca cada mañana o si el mismo hombre decide no hacerlo. Pero no es verdad. Es posible que Hombre no encuentre lo que está buscando, pero es seguro que no dejará de creer en lo que busca. Mi trabajo en cambio está al servicio de quien pague por él. Formamos un buen equipo. Él trae a casa las ballenas y yo los pollos troceados.

Lo malo de los que buscan ballenas es que a veces se rinden al desaliento. Paradójicamente, eso no suele pasarnos a los que trabajamos por dinero. Odiamos el atasco y todo eso, pero no tenemos tiempo para la fatiga moral. Desde luego, yo no gano tanto.

Antes de que llegara H1, algunas mañanas Hombre olvidaba por qué tenía que ir a la facultad. Se ponía triste, se quedaba en casa, holgazaneaba.

—Es imposible ser investigador en este país —decía Hombre, por ejemplo.

—No olvides comprar yogures —respondía yo.

Quitando este tipo de cosas, Hombre y yo éramos felices antes de H1. Después, llegó ella. Y con ella ese Hombre se convirtió en ElPadreDeMiPrimeraHija. No es lo mismo Hombre que *ese hombre*.

Cuando H1 llora, ElPadreDeMiPrimeraHija sonríe.

A Hombre nunca le irritó el llanto de H1. Cada llamada del bebé era una oportunidad de atención, una brecha donde todo lo demás podría esperar.

H1 tiene seis meses y Hombre la levanta en sus brazos en una esquina de nuestra habitación. Los dos son carne, los dos desnudos, los dos míos. Fuimos cazadores, fuimos recolectores y somos lo único que necesitamos para no tener frío.

Así fue cuando llegó H1. El amor se disparó, lo inundó todo, tan sencillo como eso. Durante el primer año de vida de H1 me convertí en un surtidor, una fuente de amor inagotable. Estaba segura de que tendría más hijos. Tenía amor para más gente de la que cabía en nuestra casa. Estaba literalmente desbordada. Y Hombre tenía buena parte de culpa.

Con H1 en sus brazos, Hombre tenía algo que me empujaba hacia sí de manera irreversible. Y algunas veces, cuando estábamos juntos con H1 recién nacida, sentía una fuerza que nos propulsaba más allá de nosotros, fuera de mí. Era el amor, inaplazable, como un monzón dispuesto a arrasar con todo.

Una cosa sí sé: si no te lleva por delante, no es amor.

Entonces se oscurecía el cielo, se me nublaba la vista y la ciudad estallaba. Hasta que, en medio del caos, justo cuando los primeros edificios saltaban por los aires, éramos descarnadamente felices. Como si, en medio del huracán, todo tuviera sentido o como si pudiéramos morir tranquilamente. A veces creo que por eso Hombre es el único con quien no me canso de follar. Y esa es sin duda la razón por la que Hombre se convirtió en ElPadreDeMisHijas.

Mucho antes, perseguí a otros tíos para conquistar alguna forma de sentido, otra clase de progenitores, otra pasión. Como mi idilio con Guy de Maupassant, padre del relato breve contemporáneo y discípulo predilecto de Gustave Flaubert.

«Bola de Sebo» fue el primer relato que leí de Maupassant. Y lo amé. Tan sutil, tan dañino.

Maupassant tenía claro cuál es el sentido de la vida de una mujer. En concreto, nacemos con dos papeles que cumplir, ambos deliciosos: la maternidad y el amor.

Bola de Sebo, protagonista del cuento, es una prostituta que demuestra, en plena ocupación de Francia en la guerra franco-prusiana, cómo los que parecen socialmente más bajos son los que tienen mayor moralidad. Está claro que en lo más bajo habrá siempre una mujer, amigo Maupassant. La raíz es subterránea.

Aparte de sus textos, Maupassant tuvo tres hijos que nunca reconoció en vida: Honoré-Lucien, Jeanne-Lucienne y Marguerite. Fue un hombre promiscuo por vocación y misógino por convicción pero, extrañamente, solo se reprodujo con una mujer, de la que no sabemos apenas nada, aparte de su nombre, Josephine Litzelmann, y su profesión: costurera. Los biógrafos la llaman «la mujer de gris», porque aparece de ese color en las fotografías.

He nacido casi un siglo después del hombre por el que escribí mi primer relato, tengo treinta y seis años, H1 tiene solo seis meses y gracias al pupilo de Flaubert sé que solo me quedan tres cosas importantes por hacer: amar, parir y morir. Las mismas que a mis hijas, según Maupassant. También sé que las mujeres somos una mancha gris y que servimos para coser el sentido invisible de las cosas, como Josephine Litzelmann.

Es difícil agarrar el bolígrafo cuando ya está todo dicho. Ningún relato será el padre de todos los relatos después de «Bola de Sebo». Es mejor que me dedique al amor y a la maternidad porque, primero que nada, soy madre.

Es así. El amor es la sustancia de mi ser. Y no importa cuántos hijos tenga, tendré amor para todos. Uno, dos, tres, cuatro, cinco... Y para ElPadreDeMisHijas. Quizás mi amor se divida en algún momento entre varios hombres, pero nunca entre varios hijos. Cada hijo tendrá su ración de amor infinito todos los días, todas las veces. Tres tazas de desayuno, una botella de leche y un pozo sin fondo de amor. Self-service, 24 hours, free. Haced cola y no os impacientéis, hay amor para todos. ¿Es que no lo veis? Soy una mujer.

Mírame a los ojos, Maupassant, y entiende esto ahora. Soy la madre, soy la costurera, soy la mancha gris que nadie mira, soy la puta. Soy una enorme y grasienta bola de sebo que ha decidido sentarse a escribir. Así vas a levantar la cabeza de tu tumba para escuchar lo que tengo que decir. Los dos sabemos que lo lamentarás. Qué desperdicio de vida. Y que añadirás solo dos palabras al final: «Lo sabía». Yo responderé con admiración: «Descansa en paz».

MALDITAS LADRONAS DE ALMAS

Una mujer que escribe es una mujer peligrosa. Peligrosa para sí misma y para los demás. Cuidado conmigo. Cuidado conmigo desde pequeñita, desde que redacté mi primera carta de suicidio a los ochos años para que mis padres vivieran para siempre con ese peso. Castigo infalible, salvo porque no me atreví a morir. A ellos les dio igual: no me dejaron ir a dormir a casa de mi mejor amiga. Y yo viví para contarlo.

Que ninguna mujer se explique jamás. Y lo más importante: que ninguna madre tome la palabra. Todas sabemos por experiencia lo insoportable que es el discurso de una madre. Así que está literal y literariamente prohibido. Las madres y las explicaciones son un género en sí mismo, pero ha de ser doméstico y clandestino.

H1 tiene doce meses cuando Elvira Lindo publica *Lo que me queda por vivir*. En la presentación habla por un momento de la madre que fue, la que «hizo lo que pudo». «Los años pasan y los libros siguen en las estanterías», dice en un momento del discurso. Y lo dice mirándome a mí, que escucho desde la primera fila. Llevo un vestido de lino blanco y soy tan joven como solo puede serlo una mujer de treinta y seis años que acuna a su primera hija. Elvira se detiene en mi figura y sé que se está viendo también a ella, más joven. Escucho todo lo que tiene que decirme. Me hace sentir que no hay ninguna prisa, que hay cosas que no te puedes perder mientras otras pueden esperar. Lo que no puedo perderme son mis hijas. Lo que puede esperar son mis planes, mis deseos, todo lo demás.

Hoy, cuatro años después de aquel vestido, sé lo que Elvira quería decir. Y sé que tenía razón: los libros siguen en las estanterías. La nueva pregunta es: ¿dónde está ahora mi cabeza? No puedo evitar hacer cuentas.

Solía soñar con un campo de trigo infinito, con el cielo azul y el cereal amarillo. En mi sueño había unos niños jugando al final de la escena, donde apenas podía llegar con la vista, jugando justo antes del abismo o del fin del mundo. Justo ahí, al final de mi sueño. Entonces pasaban dos cosas: primero atravesaba el cielo un pájaro negro que no era un cuervo. Y desaparecía. Después cruzaba la escena la Pantera Rosa, un dibujo animado de puntillas.

Siempre he tenido miedo de mis sueños. Hasta que me convertí en madre. El día que nació H1 dejé de soñar.

Lo echo de menos.

Recuerdo soñar con tres ciervos caminando al atardecer y con esos mismos animales convertidos en estatuas de hielo. Soñé una y otra vez con un funeral. Mi imagen desplomada ante la tumba de un hombre. Soñaba con el mar, con el demonio, con una puerta blanca. Soñé con un guante de fregar colgado en la entrada de una casa, lleno de aire, como una bandera.

Cuando estaba embarazada de H1, todo el mundo me advirtió de que debía estar preparada para no dormir, que los hijos roban *el sueño*. Nadie me explicó que también me robarían *los sueños*.

Cuando dejé de soñar supe que algo que siempre había estado había desaparecido. Exteriormente, el cambio era imperceptible. Pero, por dentro, me convertí en una extraña. Los sueños no son un asunto menor.

Al principio pensé que seguía soñando, solo que no era capaz de recordar nada, la fase REM y todo eso. No me preocupé. Pero pasó el tiempo. Demasiadas noches sin una sola imagen, ni una leve pesadilla. No volví a despertarme sobresaltada, ni extremadamente alegre, ni triste. Hasta que entendí lo que estaba pasando: había perdido el alma. Bueno, perder no es la palabra, puesto que sabía dónde estaba. Se la había comido mi hija.

Es difícil saber quién eres cuando tu alma ha sido triturada. De hecho, de alguna manera, sientes que no eres nadie. Carl Gustav Jung decía que el alma es ese algo inconsciente que hay en nosotros, oculto, imperceptible y esencial al mismo tiempo.

«Este niño me ha robado el alma.» Esta frase la había oído antes. Solo que no la tomé en serio. Supongo que, si no hubiera decidido ser madre, mi alma seguiría en su sitio. No hay consuelo para mí salvo reconocerme en los ojos de mis amigas. Las madres somos, por definición, unas desalmadas.

La pérdida del alma es un proceso complejo que no sucede de la noche a la mañana. Es un trabajo perfecto, sin fisuras, del que, en mi caso, participé activamente. Porque durante un tiempo creí y celebré tenerlo todo. Había creado vida de mis entrañas y tenía una sola certeza: mi cuerpo era un puente entre el presente concreto de los humanos y la eternidad. En otras palabras: yo era Dios. Es difícil preocuparse por los asuntos mundanos de los hombres (éxito, dinero, política, guerra, reconocimiento, horas de sueño) cuando eres una mujer que ha sido madre. Con un bebé de seis meses en los brazos, una mujer es la sal de la tierra. ¿Quién podría preocuparse por dormir más o menos en un momento así? La maternidad me unió con algo más grande que yo, mejor que yo, más poderoso que yo. Pero también borró suavemente mis contornos. El proceso es lento. Primero se suavizan las aristas más evidentes, las manías personales, los caprichos, se desdibujan un poquito los deseos. Una madre debe tener claro que su identidad es un asunto secundario respecto de su criatura. Pero eso es fácil, cuando te crees Dios es muy fácil renunciar a tu identidad mortal. Casi al mismo tiempo se alterarán las horas de sueño, la capacidad de cubrir las necesidades básicas, de trabajar, de concentrarte en cualquier objeto que no sea el bebé. Y a medida que la mujer se desdibuja, el universo, la vida, algo más grande que ella la rellena. Hasta que al final, cuando no te queda nada de lo que fuiste alguna vez, entonces te dices a ti misma: Ahora soy mejor. Qué grande y poderosa me siento. Y entonces lloras con inmensa felicidad y con la pena lejana de una mujer que crees haber conocido alguna vez.

H1 me despertaba cada dos horas, cada hora, cada tres, cada seis, cada media hora, cada dos, cada ocho. Así durante un año completo, cada noche, todas las noches. Esta es la fase preparatoria. Una agresión constante al inconsciente. La lactancia a demanda ayuda a materializar esta forma de entrega inconsciente al bebé. El asunto aquí no es cuántas horas duerme cada madre, sino el hecho de que el sueño habrá dejado de ser suyo.

No importa si una madre duerme dos, tres o diez horas, el hecho es que nunca sabe al acostarse qué clase de túnel la espera, cuándo será llamada a la acción, cuántos chupetes acercará, bibes calentará, llantos acunará, cuántas veces abrirá los ojos contra su voluntad… Antes o después, una madre tendrá miedo a no dormir, miedo a acostarse, miedo a su propio descanso. Se está haciendo tarde, piensa la mujer antes de replegarse.

Una de esas noches, todas esas noches, Hombre dice hasta mañana, me besa y se agarra a mi espalda. A veces hacemos el amor después de comprobar la respiración profunda y serena de H1. Entonces cierro los ojos para dormir deprisa. Ahora a descansar, me digo. Corre. Duerme. No hay tiempo. Relájate. Y reserva en Booking una casa rural que permita cancelación gratuita. Compra leotardos rojos para H1. Descansa. Da parte al seguro de hogar de la bisagra rota en la puerta del cuarto de baño. Se va a despertar. Consigue entradas para el concierto de Sílvia Pérez Cruz.

H1 me dejó dormir razonablemente bien desde el quinto o sexto mes. Mi problema no fue la cantidad sino la calidad. Durante años, incluso ahora, me acuesto sin saber si me dejarán dormir o no. Evidentemente, como toda forma de tortura sostenida en el tiempo, afecta de manera definitiva al carácter.

En los parques algunas madres se pavonean de lo bien que duerme su bebé: «Hemos dormido seis horas completas», «Siete del tirón». Cualquiera que haya pisado una guardería sabe a qué me refiero. Pero la cuantificación extrema solo revela (en este y en todos los casos) que hemos renunciado a lo fundamental. No es lo mismo dormir que soñar.

La que sigue es la historia de una desalmada.

CULTURA Y TIEMPO,
EL SÁNDWICH DE LA DESAPARICIÓN

Ser madre es imitar a otra mujer. De eso me di cuenta pronto. Lo que pasa es que no sabía quién era a la que debía imitar. Lo primero que me dije, mucho antes de parir, fue lo que nos decimos todas: Yo no seré como MiMadre. Y después: Voy a romper la pana, mi hijo llevará falda, mi hija nunca obedecerá a un hombre, voy a criar a una persona feliz. Porque voy a ser una *madre diferente*.

Lo cierto es que por mucho que corras, por muy lejos que llegues, siempre acabas imitando a otra mujer. No hace falta que la conozcas, ni siquiera es preciso que guarde relación con tu ideología, educación o clase social. Ser madre es dar a luz a mujeres que te habitan sin tu permiso. Imposible predecir quiénes y cuándo te asaltarán. Son miles, millones, las madres inconscientes que tejieron mi corazón. Estoy hablando, claro está, de las que parieron antes, de sus cuerpos mágicos en medio de un bosque o una cueva. Pero de eso no tenía ni idea. Porque nadie me habló nunca de ellas. Así que, como casi todas las mujeres de mi tiempo, no me sentía preparada para ser madre. Y el motivo era sencillo: no lo estaba.

En realidad, yo me había sometido a un entrenamiento de alto rendimiento que servía para otra cosa. Porque yo iba a ser otra cosa.

Acabé mi carrera con un expediente impecable: nota media de 9,35, estudié un máster puntualmente, después otro, pasé un año en Escocia aprendiendo inglés (en Londres hay demasiados españoles), encontré un trabajo en el momento preciso, conseguí un puesto un poquito mejor cuando fue oportuno, tuve sexo con tantos tíos como pude, también con alguna tía, compré mi primer coche a los veintiséis (un Ford Focus azul marino), me enamoré en serio cuando tocaba, compramos juntos nuestra primera casa años después de vivir juntos… Cuando llegó el momento de tener hijos, tenía incluso tiempo que perder. Y algún dinero en el banco para el tratamiento in vitro.

A las chicas que vivimos bajo la previsible puntualidad del mercado, la idea de la maternidad nos asalta justo en la treintena, puede que un poco antes para las más precoces, a veces más tarde para las más ocupadas. En ocasiones no salta la alarma, qué falta hace. No es obligatorio ser madre. Igual que no todo el mundo tiene por qué hablar inglés fluido, claro está, pero no se puede obviar el *deber ser* que hemos construido en torno a ese idioma. *Hay que* estudiar inglés. Para encontrar trabajo, para viajar, para no ser un cateto… *Hay que*. Con el deber materno pasa lo mismo que con el idioma del mercado, solo que desde hace milenios. Es un muro que no hay quien se salte. Y todas las mujeres, sin excepción, lidiamos de una u otra manera con *nuestro deber*. Un deber que se amasa desde hace millones de años para que todas y cada una de nosotras nos comamos nuestro pan bien calentito.

Las mujeres que deciden no tener hijos tampoco se libran, que nadie se confunda. Es verdad que vamos mejorando y que algunas han creado el movimiento reivindicativo de las *nomum*, las no madres, en respuesta al peso de un deber que no tienen intención de cumplir. Pero también es verdad que no existe (ni existirá) el movimiento de los nopadres. El deber ser es nuestro y nuestra será la forma de relacionarnos con él. Los hombres, en cambio, nacen ya liberados. Y los más comprometidos (o anticuados) se dedican a la expansión seminal follando a pelo siempre que pueden, no vaya a ser.

Por lo demás, nadie menciona esa línea del currículum, quizás porque es la única a la que podemos acceder sin formación, aunque afectará decisivamente a nuestro futuro profesional. Tic, tac. Tic, tic, tac. Es el reloj biológico del mercado que palpita en las muñecas de las mejor preparadas, es el pulso de una nueva generación de mujeres: las profesionales.

Y allí estábamos. Las mejores hembras de mi generación, puede que las mejores de todos los tiempos. Todas más listas que nuestras madres. Con los músculos prietos, la piel tensa y las orejeras bien ajustadas para no mirar a los lados. Cuando sonó por fin el pistoletazo caliente, con su eco y con su prisa. Y salimos todas disparadas, como yeguas purasangre en el Derby de Epsom, hacia el carrito que guardaría nuestros bebés.

Lo único que una mujer no puede saber cuando escucha ese disparo es si habrá nuevas metas, si las ruedas de ese carro la guiarán a alguna parte. Nos gusta pensar que sí.

Una yegua joven es hermosa. Y es fuerte. Poco importa adónde se dirija o si corre en círculos. Poco importa, por supuesto, el jinete que la monta.

Pero no es importante que las mejores yeguas no se pongan nerviosas, eso podría estropearlo todo. Por eso cada vez son más las empresas que subvencionan a sus empleadas el proceso de congelación de óvulos para retrasar la maternidad. Los yanquis fueron pioneros, siempre les ha gustado poner precio a los cuerpos y a cada una de sus partes. Facebook fue la primera compañía en pagar ese capricho, tan moderna como oportuna. Después llegaron Google, Yahoo, Uber, Spotify y Apple. Lo hacen para liberar a sus trabajadoras del peso de su deber. Porque, en realidad, las mujeres no pagan por congelar su material genético sino por sacar la maldita obligación maternal de su cabeza.

—¿Alguien podría decirme cuánto cuesta no pensar más en ello? —pregunta una joven en la cola del cine.

Su pareja, que dejará de interesarle dentro de pocas noches, acaba de pagar las palomitas.

—Estoy dispuesta a pagar, mi empresa lo pagará por mí, mis padres me ayudarán —suplica desde el sofá de su estudio otra mujer, abogada, de treinta y siete.

—¿Dónde demonios tengo que firmar? —dice otra. Es rica, no le importa cuánto cueste sino cuánto duela—. No quiero perder más tiempo pensando en esto precisamente ahora —sentencia con urgencia.

Tranquila, no tengas miedo, responde una bata blanca desde una clínica de fertilidad. Tu dinero puede comprar tu tiempo. Y si no tienes suficiente, podrás pagarlo en cómodos plazos si presentas las tres últimas nóminas de tu sueldo de abogada, economista, profesora, ingeniera técnica o programadora.

Aparte de profesiones, currículum y otras mentiras acerca de la identidad femenina, lo cierto es que invertí, igual que todas las mujeres de mi generación, buena parte de mi vida preparándome para aprovechar el tiempo, para no malgastarlo, para cumplir los objetivos lo antes posible (ni siquiera lo mejor posible). Y de pronto, de un día para otro, apareció un bebé y estallaron todos los relojes. Para siempre.

Despídete del precioso tiempo de la eficacia si estás acunando un recién nacido. Porque la productividad no se entiende con el tempo del amor. El amor es un lapso inútil, es el momento de quitarse el reloj. Y ese tiempo es el único que aún nadie ha podido pagar con dinero, lo que no significa necesariamente que sea un tiempo mejor.

Creo que esa fue la primera gran ruptura. H1 se convirtió en un sumidero de energía desde que llegó. Destruyó una a una todas mis rutinas hasta que mi tempo se mimetizó con «el tempo del bebé». Así que, durante muchos meses, tres fueron nuestras grandes (y exclusivas) ocupaciones: comer, dormir y llorar.

Vivir puede ser muy triste. Cosemos el sentido de los días con una red de rutinas y mentiras. Y eso nos pone tristes. Eso pone triste a cualquiera. Sabemos que el futuro es impredecible y que tenemos tanto control sobre nuestras vidas como un dinosaurio sobre su especie. Pero los recibos llegan cada mes y hemos decidido amarnos y respetarnos. Así que, no sé, casi parece que va en serio.

Cuando nació mi primera hija, mi vida cobró por fin sentido. Aquel día, todo lo muerto y lo vivo que habita en este mundo me miró a los ojos (al mismo tiempo) y dijo:

—Es un placer que estés aquí.

—Soy la mujer más feliz de la tierra —respondí.

Hubo un largo silencio. Un silencio que duró meses, puede que años. Hasta que un día, todo lo muerto y lo vivo que habita en este mundo contestó por fin:

—Será un placer cuando no estés aquí.

—No soy nadie —contesté yo, comprensiva.

Dormir, comer, llorar. El sentido del océano es el océano, no la suma de sus gotas. Podría morir o ser simplemente su madre. Y podría dar igual.

Aunque es muy pronto para eso. H1 acaba de nacer y todo el mundo ha venido a vernos al hospital. La habitación está llena de gente que me quiere y que la quiere nada más verla. Incluso más que a mí. Porque a ella le entregan el amor que no me supieron dar, el que no tuve tiempo de recibir, el que nunca supe que existía. Todo es ahora suyo.

EXAMEN DE ACCESO

Intento alimentar a H1 con demasiada gente alrededor. Es difícil. No logro saber si come o no. Lo único evidente es que me duele. El pezón no está todo lo afuera que debería.

La matrona me ha llevado a primera hora a una sala de lactancia y me ha explicado cómo hacerlo. Me ha tocado los pechos y me ha mostrado cómo el calostro (el líquido seroso que precede a la leche) sale en cuanto aprieto un poco. Hay que hacer una especie de tijera con los dedos de la mano para colocar el pezón en medio y entonces puede empezar a mamar. El tacto frío de la matrona dice que mis tetas pueden ser las de cualquier otra hembra. No me gusta.

—Esta niña tiene hambre —dice MiMadre—. Podías dejar de jugar con la teta y darle un biberón.

No sé qué hacer, no tengo ni idea de qué debo hacer. Así que no hago nada. Simplemente acuno a H1 en brazos mientras llora y acaricio su mejilla, que se pega a mi pecho, disponible y desnudo desde que llegó, hace ya treinta y dos horas. Mi pezón descansa justo encima de su nariz. No intento que se acerque ni que coma. No espero nada, no pasa nada. Solo tres lágrimas de leche se deslizan torpes por mi piel hasta acariciar los labios de H1, que tiene la boca entreabierta. Y así es como sucede. Alimento su boca de pájaro por primera vez.

Con mi hija hambrienta en brazos, comprendo que no he visto cómo se amamanta un bebé en mi vida. Y si alguna vez sucedió, desde luego no presté atención.

—Tendrás que darle un bibe después de cada toma —dice la pediatra al despedirnos—, la niña ha perdido ya más de medio kilo y tiene que remontar. —A continuación escribe en el informe «lactancia mixta». Y repite—: No escatimes ningún biberón.

La leche artificial es blanca, abundante, gorda y deliciosa. Yo aún suelto ese bebedizo amarillento y escaso. Pero sé que la lactancia es un proceso natural donde nada debe interferir. Y menos que nada, la leche de fórmula. He leído libros donde se explica que sin amamantar «el vínculo puede ser más difícil» y así lo confirman mis amigas. El vínculo es la unión del niño con la madre. Cuando se dice que es más difícil quiere decir que si no lo amamantas, quieres menos a tu hijo.

Yo voy a hacerlo bien. No importa que H1 llore día y noche. Me da igual si el pecho se ha llenado de grietas. Qué más da si sangro un poco al principio de las tomas, un sorbito de sangre no le hará daño, total, solo me duele a mí. Lo único importante es comprobar cuánto pis hace H1 (y si hace pis). El pañal tiene que estar bien mojado para estar segura de que mi hija no se deshidrata. Estoy dispuesta a matarla de hambre antes que quererla menos. Por eso no hago caso a la pediatra.

No le doy ni un solo biberón. Llegamos el viernes a casa y no hay pediatra hasta el lunes. Solo urgencias. Faltan cuarenta y ocho horas. No he dicho a nadie que estoy desobedeciendo.

El objetivo no es solo que el bebé se alimente y salga adelante, la leche de fórmula es igual de eficaz en este punto. En realidad, la leche materna cumple otras funciones mucho más importantes. Por un lado, promete la fusión de la madre con su criatura, un examen que todas queremos aprobar. Por otro, es el mejor alimento posible para un bebé humano. Y todos los padres queremos «lo mejor», a cualquier precio.

Con semejante receta, hacer el bibe es fácil. Dos cacitos de mercado, tres de mística y uno de la mejor madre del mundo. Mezclar con agua, agitar y calentar al baño maría.

Años después navegaré por el portal americano Onlythebreast.com, donde las fotos de bebés rosáceos se intercalan con bolsas de leche materna bien etiquetada: «Madre no fumadora», «100 % bio», «26 años. Vegana. Deportista». El precio es de unos catorce euros por 230 mililitros. Un bebé de dos meses puede tomar unos cinco bibes de esa cantidad al día. Es decir, 2.100 euros al mes de leche materna entre pecho y espalda.

La naturaleza se desnaturaliza cuando escucha el tintineo de monedas, amenazante como los casquillos recién caídos de un rifle. Pero ahí está el mercado, siempre hambriento: parejas gays, madres por gestación subrogada, deportistas que la añaden a sus batidos de proteínas, padres que desean estimular el sistema inmunológico de sus hijos… Todos quieren lo mejor. Hasta un servicio de nodrizas que amamantan a domicilio por 885 euros a la semana (más un depósito de 4.450), además de alojamiento para la nodriza y el hijo al que está amamantando.

Las monedas suenan y las muestras se venden a menudo mezcladas. Las vendedoras se comportan como auténticas *dealers* y han aprendido a cortar el producto con leche de vaca. Es un hecho: muchas madres jóvenes, además de veganas, son pobres.

Pero, en este momento, H1 es una recién llegada a quien ni siquiera hemos sacado de casa, yo nunca he navegado por esa página web y este libro ni siquiera se ha empezado a escribir. Lo único que ha pasado hasta ahora es que hemos sobrevivido a nuestras primeras cuarenta y ocho horas fuera del hospital y me dirijo, en secreto, al centro de salud.

Nada más sentarme, rompo a llorar. Soy consciente de que he hecho algo horrible y de que debo confesarlo. Pero estoy muda, incapaz de decir nada. Me limito a llorar en silencio las dos horas que me toca esperar en la sala. Y sigo llorando cuando tengo, por fin, delante a la doctora.

—No tenemos ninguna prisa —dice ella.

Debe de tener más de sesenta años. Lleva una bata blanca con una muñequita vestida de médico cosida en la solapa. El despacho está lleno de dibujos que han debido regalarle sus jóvenes pacientes. Afuera la sala está tan abarrotada como cuando llegué.

—He escatimado biberones —confieso—, aunque ella tiene hambre. Siempre tiene hambre, está pasando hambre. Es insaciable.

—Tienes un bebé muy hermoso —responde.

—Nació con tres kilos setecientos pero perdió medio kilo en dos días, desde que empecé a alimentarla. La doctora dijo que podía llevarla a casa pero que debía darle biberones de refuerzo después de cada toma. Dijo que no escatimara. Dijo que se podía deshidratar. Pero yo no le he dado ni uno. Y me ha hecho heridas en el pecho y no sé cuánto puede pesar. Ha hecho pis todo el rato, eso es seguro. Y no está deshidratada. Creo…

—La niña está bien —asegura la doctora.

—¿Cómo lo sabe? —pregunto—. Ni siquiera la ha pesado.

—Lo sé porque tengo a su madre delante.

—Pero… He escatimado biberones.

—Eso es porque no ha necesitado más. Nadie mejor que tú sabe lo que es bueno para ella. Ni siquiera la doctora del hospital. Tampoco yo.

—¿Y ahora qué hago?

—Descansar un poco, no estaría mal.

—Pero habrá que pesarla primero.

—La pesaremos mañana, más tranquilas. Estoy aquí todos los días, pero tú no necesitas instrucciones para cuidarla.

—Entonces, ¿le doy bibe de refuerzo o no?

—Dáselo cuando creas que le hace falta. A veces es conveniente las primeras semanas. Incluso durante toda la lactancia, si es preciso.

—¿No me rechazará después por eso?

—Seguro que no —dice sonriendo.

Y acaricia la cabecita de H1, que no va a rechazar nada mío.

—Gracias —respondo.

Y comprendo que esta doctora acaba de explicarme todo lo que voy a necesitar de ahora en adelante.

Lo único que no ha dicho es de dónde nace mi deseo de amamantar a toda costa. Porque en ese momento yo no sé que existe una web donde se trafica con leche materna. Como tampoco sé que muchos enfermos de cáncer la llaman «oro blanco» porque es beneficiosa en su lucha contra la enfermedad.

Cuando salgo del centro de salud con H1 en los brazos, desconozco el significado simbólico de la lactancia materna. Nunca antes he pensado en ello ni nadie me ha hablado del asunto jamás. Simplemente me limito, como muchas otras mujeres, a padecer los efectos secundarios de mi ignorancia.

En la puerta del centro de salud me encuentro con una conocida del barrio, también mamá. Le cuento lo ocurrido con todo detalle, como si fuera una verdadera amiga (que no es). Le hablo con tanta precisión como solo he visto relatar antes a otras madres, con el rigor quirúrgico que solo ellas añaden a lo cotidiano.

—Lo has hecho muy bien —sentencia—. No te rindas con la teta. Es lo mejor para las dos.

—Bueno, iremos viendo —respondo.

Y pienso que eso es lo que va a ser mejor para las dos, no dar nada por sentado. Pero eso no se lo digo.

—A mí me costó establecer la lactancia, a todas nos cuesta. Pero es una experiencia única —dice mi vecina—. Para mí ha sido un antes y un después. He encontrado «mi naturaleza».

Y sucede inmediatamente. El cortocircuito, el rechazo, la náusea. Escucho la palabra «naturaleza» asociada de alguna manera a mi cuerpo de mujer y sé que estoy en peligro. Vuelvo mi cabeza de gacela en busca de un francotirador. Pero no hay nadie, solo el ir y venir de la ciudad tranquila. Aunque sospecho que, escondido, detrás de una sombra que es la mía, hay un monstruo dispuesto a devorarme.

PELIGRO, MAMÍFERAS

Las africanas saben llevarlo, las mujeres andinas los cargan así. Mujeres que van a trabajar con las crías al hombro, integran al bebé en el ritmo de sus días, en sus vidas. Yo no tengo ni idea de cómo usar el enorme trapo de algodón natural que compré en internet por más de cien euros cuando estaba de ocho meses. En realidad, en este momento, disfruto de una baja maternal pagada por el Estado que supone que durante un tiempo puedo dedicarme, en exclusiva, a jugar a las mamás. Porque lo cierto es que yo no voy a integrar a mis hijas en el ritmo de mis días y mi trabajo de ese modo. Pero voy a llevar el mismo pañuelo que las que no tienen baja por maternidad, que muchas de las que no fueron a la universidad, de las que aún fusionan el ritmo de sus crías con el de sus días, no sé si como homenaje, como gesto aspiracional o pura farsa. La moda dicta que el bebé irá más cómodo. Así lo explica también el CD explicativo que acompaña mi portabebés y un montón de tutoriales en YouTube donde decenas de madres urbanas imitamos con determinación momentánea a mujeres que viven, de verdad, pegadas a sus criaturas. El único alivio en este momento es no ser la única: ninguna sabemos cómo demonios se coloca. MiMadre, que está pasando unos días en nuestra casa, tampoco tiene la menor idea.

—Ahora todo es distinto —dice MiMadre.

Que en su idioma quiere decir: «Lo tienes todo mucho más fácil que yo y te empeñas en esta clase de tonterías. Tú sabrás por qué lo haces».

Y lo cierto es que no. En realidad, no tengo ni idea de por qué lo hago. Ni siquiera de qué es lo que estoy haciendo. Tampoco sé qué contestar a MiMadre.

Me siento un poco ridícula viendo el vídeo. Para ser la forma más natural de cargar a H1 resulta artificial tener que aprender sola en mi salón pausando el CD para no perderme las explicaciones. Así hasta que por fin tengo un bebé colgado de su trapo en mitad de nuestro piso, sin un sitio adonde ir y sin ninguna naturalidad en el cuerpo.

Cuando una madre se da cuenta de que no está preparada para criar (o no tanto como le gustaría), entonces busca respuestas. Y la más moderna se llama «crianza natural», que es una expresión que usamos las madres urbanas que no estamos familiarizadas con bebés ni con niños. Cuanto más grande es la urbe, más sola se siente la madre y más violenta será la defensa de una naturaleza que se da por perdida.

Algunas mujeres comienzan este camino antes incluso de parir. Cambian la alimentación y los hábitos durante la gestación y empiezan a hablar del *parto natural* a todas horas, como si fuera la última serie de moda en Netflix. Las más decididas renuncian a acudir al hospital y se atreven a dar a luz solas, en su piso con ascensor y garaje y una matrona que factura por horas. O deciden cambiar su apartamento del centro por una urba en las afueras, incluso por una casa en el campo. Dejar la ciudad se convierte en una meta, antes o después. Es un regreso siempre a trompicones. Lo que no sabemos muy bien es dónde intentamos volver, ni de qué lugar queremos escapar.

—Cariño, quizás deberíamos irnos a vivir a un pueblo, dejar todo esto.

La sugerencia es inevitable cuando se tienen hijos en una gran ciudad. Antes o después, aparece.

—¿Y las niñas? —responde Hombre.

—Lo digo por las niñas —aclaro.

—Pues yo también lo digo por ellas. Los pueblos no son lo contrario de la ciudad, no son la cura a todo lo que te molesta aquí. Los pueblos son la razón por la que todo el mundo elige vivir en las ciudades. Puede que todos estemos equivocados o puede que los pueblos sean un infierno. Me crie en un pueblo, lo sabes. Y jamás volveré a uno. Sé por experiencia que es lo peor que puede pasarle a un niño. No permitiré que te lleves a un sitio así a mis hijas.

Me gusta cómo dice «mis hijas». Hace que Hombre parezca una mujer.

—Pero es que la ciudad es difícil para ellas. El carrito de H2 no cabe entre los coches, su guardería parece un garaje, el colegio de H1 está muy lejos, hay colillas en el suelo, tardamos mucho en cualquier cosa. Siento que nunca tengo tiempo para ellas.

—Entonces romperemos todos los relojes —dice Hombre.

Y me agarra por la cintura. Y me besa. Y me deja atrás para correr tras ellas. Y yo me conformo. Hombre es muy eficaz cuando se trata de callarme la boca con un beso. Debería pensar sobre este punto.

En mi caso, los dos partos transcurrieron sin el menor atisbo de naturalidad. Cesárea en ambos. En ninguno sentí una separación antinatural. Al contrario, recuerdo al hombre vestido de azul que me abrió el vientre y sacó a H1 sana y salva para ponerla en mis brazos. El que sacó a H2 vestía de verde y sonrió al verla llegar.

A lo mejor es por eso que retiro a H1 del dichoso trapo y la coloco con cuidado en su serón, creo que le gusta dormir junto a la ventana. Es tan bonita. Toda la ropa que lleva puesta la han tejido manos amigas. No hay nada que temer por ahora. Además, me siento muy fuerte. Si alguien intentara hacerle daño, le arrancaría un brazo, probablemente a mordiscos. Se ha hablado mucho más del hombre lobo que de la madre loba, pero aquí estoy, preparada para lamer y para morder. Doy vueltas sobre su cuna como solo he visto a los animales salvajes en el zoo, al acecho de una amenaza que ya siempre nos rondará.

—Es natural: somos mamíferos —eso dijo Marta, mi mejor amiga y madre de dos niños.

Estábamos haciendo footing a la vez que ella me explicaba el significado del colecho. Mi amiga no conseguía pegar ojo a pesar de dormir apachurrada entre su marido y sus dos crías.

—¿Qué coño dices? —Reconozco que me siento mejor como amante de la naturaleza que clasificada dentro de ella—. ¿Por qué habláis todas así últimamente? La guardería parece el *National Geographic*.

—Es porque la maternidad nos devuelve a nuestra naturaleza. Somos mamíferas, amamantamos, vivimos en manada, criamos juntas.

—¿Y por eso dormís los cuatro en la misma cama?

—¿Acaso tú duermes sola? —pregunta Marta, con tono acusador.

—No, yo duermo con Hombre.

—Pues tu hija tampoco quiere dormir sola. Es antinatural. Los mamíferos no dormimos solos —sentencia.

—Los mamíferos no dormimos solos —repito con preocupación.

Marta y yo seguimos corriendo en silencio durante más de media hora por la Casa de Campo de Madrid con nuestras mallas térmicas de mamíferas. Entre los árboles se entrevén algunas otras mujeres con botas de charol hasta los muslos que venden sexo a hombres que pagan por él. Ellas deben de ser el resultado de la cultura y nosotras, mamíferas, de la naturaleza, o al revés. Ha llovido y las zapatillas se hunden en la tierra húmeda después de cada zancada. Me pregunto quién es más inmoral de las dos, la naturaleza o la cultura.

Seguimos a la carrera mientras me repito dos palabras una y otra vez al ritmo de mi respiración, cada vez más entrecortada: «Soy mujer, soy mujer, soy mujer, soy mujer, soy mujer, soy mujer, soy mujer...».

Desde que soy madre muchas mujeres amigas, conocidas o simples compañeras de crianza me hablan de «mi naturaleza», de «lo natural», de «nuestro ser mamífero». En el parque, a la salida del pediatra, mientras practicamos deporte... Y cada vez que sucede tengo miedo, como si alguien pretendiera encerrarme en una granja. Existen animales domésticos y otros que son salvajes. Cuando dicen mamíferas creo que hablan de hembras domesticadas. De mujeres encerradas en algún lugar cómodo y acolchado, con wifi y comida vegana, del que deberíamos salir corriendo. Eso en el mejor de los casos. En el peor, existen más de dos mil granjas de mamíferas en India donde mujeres hacinadas como animales viven con dos únicas funciones: comer y reproducirse.

El mercado es increíblemente flexible a la hora de comprar el cuerpo de las mujeres por horas, meses e incluso por partes. En cambio, se vuelve mucho más conservador a la hora de negociar con partes del cuerpo unisex. La sangre o los riñones no se pueden vender, solo donar. La leche materna en cambio sí se vende. Los úteros se alquilan, durante nueve irreversibles meses.

No obstante, la expresión «vientre de alquiler» es un eufemismo. Lo que se alquila es una madre. No es una parte de la mujer la que procrea. Es todo lo que una mujer es y cuanto la excede lo que es capaz de crear una nueva vida con su carne y con sus huesos. Y esto lo sabe cualquiera que se haya metido unos cuantos embriones entre pecho y espalda. No basta con el embrión, no basta con el útero. Hace falta una madre. Y a esas madres, a todas las que decidieron y deciden parir, les debemos la vida. Sin embargo, el mercado es tan creativo que una mujer que alquila su útero puede también renunciar a su derecho de filiación con el hijo que dará a luz. Puede incluso renunciar al derecho del hijo, que ya nunca conocerá a la madre que lo parió. Todo está peligrosamente preparado para que, en lo relativo a las mujeres, se pueda comprar todo aquello por lo que el consumidor esté dispuesto a pagar.

A menudo las mujeres huimos de la cultura porque la cultura es machista, el mercado de bienes de consumo nos tiene reventadas (con una enorme presión de oferta y demanda sobre nuestros cuerpos) y en el mercado laboral se ha decidido, además, que ganemos menos que un hombre por el mismo trabajo. Pero es que la madre naturaleza es otra trampa. Elegir entre dos malas opciones la peor; a veces creo que eso es una mujer en busca de su verdadera naturaleza.

Desde que soy madre puedo oler un rastro, quizás sea la sangre que gotea de una presa o quizás sea una manzana bañada en caramelo de una feria donde estoy a punto de entrar. Es imposible saberlo porque no encuentro una sola miga de pan ni forma alguna de volver atrás. Todo futuro y malentendidos. Hoy solo me queda una certeza: cada una de nosotras tendrá que recorrer cada palmo del camino.

UNA MADRE ES

H1 debía de tener cinco meses cuando pensé, por primera vez después de ser madre, en mi propio nacimiento. En que el día que nací no estaba sola, porque el día que llegamos nos acompaña, siempre, como mínimo, una mujer. La mujer a quien rasgamos para abrirnos paso: con la cabeza, con el culo, con un codo o la punta del pie.

Cuando era pequeña pensaba en mi nacimiento como en una fiesta donde MiMadre era una elegante anfitriona en camisón. Un gran día para ella, el día en que yo nací. Pero ahora comprendo además que tuve que romperla para salir. Por supuesto, conocía el procedimiento desde los nueve o diez años. Pero solo ahora lo entiendo a través del tiempo y de la carne.

Hasta que no fui madre no fui del todo la hija de MiMadre.

«Ser madre te cambiará la vida.» Eso me decían cuando me quedé por primera vez embarazada. Así que yo intentaba imaginar qué clase de futuro me esperaba después de parir. Pero estaba equivocada. La maternidad cambió mi pasado, fue una nueva manera de sentir todo lo anterior. ¿De qué otra forma podrían las cosas ser diferentes a partir de un instante si no es modificando todo lo que pasó primero? En realidad, nada ni nadie te cambiará la vida si no es capaz de cambiar tu memoria.

De alguna manera, parir es la mejor manera de entender cuánto amor hace falta para llegar hasta aquí. Y coloca en su lugar a todas las mujeres que lo hicieron antes.

En mi caso, la mujer que me parió es la misma que me crio. A lo mejor por eso nunca he dado la menor importancia al hecho de que MiMadre me diera a luz. Sin embargo, hoy sé que podrían ser dos personas distintas, MiMadre de nacimiento y de crianza, y tendría un amor diferente para cada una. Por eso muchas noches pienso en MiMadre. Pienso en ir a su casa de viuda y entregarle todo lo que tengo.

MiMadre tiene un buzón de aluminio verde y en una placa dorada aparece su nombre escrito. Y debajo: Viuda de + el apellido de mi padre. Cada vez que me voy de su casa, veo esa placa y me arrepiento de todo lo que he hecho, me siento la peor hija del mundo y quiero volver y abrazarla y no hacer otra cosa que ser buena con ella el resto de mi vida.

Pero siempre visito a MiMadre los días equivocados. Como hoy, que aterrizo en su cocina porque mi abuela (su madre) se está muriendo. Los médicos han dicho que ya no saldrá del hospital, aunque yo sé que lo hará. Siempre lo ha hecho. Pero como también estoy segura de que antes o después pasará, he vuelto a casa, como cada vez que mi abuela se dispone a morir.

Así que aquí estoy, posada como un lagarto sobre el desierto de azulejos hidráulicos que he visto fregar a MiMadre tantas veces. Y desde aquí me doy cuenta de que, cuando ella muera, me dejará esa clase de ausencia que solo es capaz de dejar la muerte de una madre. Y la miro sabiendo que ese vacío nos une ahora a las dos, que lo construimos entre las dos. Porque es un abismo que abrimos con cada paso, un camino que debemos andar para unir una vida con otra, una muerte con otra. Y así se cose el tiempo. Ese abismo es lo que soy ahora y ese abismo es, además, el mejor lugar posible.

MiMadre está fregando los platos de la cena de anoche, de espaldas a mí. El agua corre y huele a café.

—Este lavavajillas es estupendo —dice—. Desde que lo uso me noto mucho mejor las manos, va a ser verdad algo de lo que anuncian.

—Tus manos son las más suaves que he tocado en mi vida, mamá, no necesitan de ninguna propaganda.

La observo frotar el culo de una sartén con ahínco. Me gusta verla trabajar, porque MiMadre pone atención en todo lo que hace, desde que recuerdo. Durante muchos años, sus manos se posaron en mí así, con la misma eficacia con que ahora hace brillar la sartén. Veo las manos de MiMadre esparciendo crema protectora en mis mejillas, fregando el suelo que piso, atando el lazo que llevo en el pelo, envolviendo mi regalo de Navidad, lavando la caja donde viven mis tortugas, buscando piojos en mi cabeza, abrochándome los botones del babi, limpiándome los mocos, pagando las entradas del circo, curándome una herida. Entonces me acerco a ella, saco sus manos del fregadero y me las llevo a la cara para sentirlas otra vez en las mejillas, para besarlas.

—¿Qué haces? ¿Es que no ves que estamos empapando el suelo? Anda, sécate esa cara y tómate el café —resuelve.

LA MADRE DE MIMADRE

Mi abuela tiene los brazos negros de hematomas (el rastro de las subidas de azúcar), los huesos afilados como cortes bajo la piel, la carne descolgada en la cintura, en los brazos y en el pecho; lleva pañales, no puede andar, necesita una pajita para beber, jadea antes de cada palabra. Antes no sabía qué hacer cuando enfermaba: la miraba y le hablaba. Solía pensar que lo más urgente para un moribundo sería precisamente eso: sus últimas palabras. La despedida, el arrepentimiento quizás, la generosidad de la palabra dada, el misterio del final. Pero morirse se parece a nacer mucho más de lo que yo pensaba. Sería tan extraño que un moribundo soltase un discurso como que una de mis hijas me hubiera hablado en el quirófano.

Por suerte, cuando mi abuela va a morir de verdad, yo ya soy madre, he visto nacer. Y estoy preparada para acompañarla a morir. No espero de ella sus últimas palabras, no espero palabras. Ni siquiera necesito hablarle para hacerme presente, lo que en mi caso es una verdadera proeza.

En vez de eso, le doy masajes en los brazos con aceite de caléndula. Precisamente llevo en el bolso un botecito porque a H1 le viene bien que le masajee con él cuando tiene gases. Le canto bajito para que pueda dormir, le sujeto la mano sobre la mesilla de formica blanca del hospital, cuento las gotas cayendo de la bolsa de antibióticos en voz alta, le explico de qué discuten las mujeres que se pelean a las cinco de la tarde en el televisor y quién tiene razón: parece que es cierto que la más gorda se acostó con el marido de la más rubia. A veces le peino ese pelo ajeno que aún conserva, como de muñeca; le pongo colonia. Y, en algún momento, si todo va bien, ella se duerme.

Cuidar una noche de mi abuela es mucho más llevadero gracias al protocolo de actuación de la psicóloga Penelope Leach para hacer frente a los cólicos del lactante. Leach es la autora de un manual de mil páginas sobre el cuidado de bebés y niños, una verdadera joya, donde la autora explica, entre otras cosas, cómo actuar ante los cólicos del lactante. Una receta que resulta igualmente eficaz ante un cólico como ante la misma muerte.

El cólico del lactante es cuando un bebé de dos meses llora entre tres y cinco horas ininterrumpidas como si fuera a estallar de dolor. Se queda rígido de pies y manos y estira los brazos como si fueran a romperse de un momento a otro. Suelen aparecer a última hora de la tarde, cuando la madre está más cansada y confía en que el bebé se dormirá. Ninguna sabe por qué aparecen ni por qué se van. Penelope Leach elabora diez pasos a seguir ante semejante situación. Masajes, paseos, ejercicios de piernas, alimento, agua. Una pauta clara para cada paso. Hasta llegar al más importante de todos, el paso diez, donde Leach afirma que, si ningún consejo ha tenido éxito, seguramente el cólico ya no exista. En caso contrario, propone volver a aplicarlos todos.

La noche en que mi abuela se está muriendo delante de mí sigo los pasos del cólico del lactante metódicamente porque sé que en algún momento llegará el paso diez. Y entonces el dolor cesará, o ella se irá. Y si aún siguiera aquí, cosa que cada vez me parece más difícil, siempre podría empezar por el paso uno. No hay que temer, solo hay que avanzar.

A las tres de la mañana empieza a gemir bajito, mastica la agonía en cada respiración y me mira como si toda la culpa fuese mía. A las cuatro no recuerda mi nombre, puede que sea una de sus hijas o puede que la vecina, no se acuerda. Le digo que puedo llamar a la enfermera si se encuentra mal. Entonces me reconoce de nuevo.

—Deja de decir tonterías —dice. Y sigue—: ¿Es que no ves que van a llegar todos a dormir y la casa está hecha un asco? Deberías estar haciendo las camas en vez de mirarme como un pasmarote.

—Abuela, mírame. Estoy aquí.

—¿Puede saberse qué miras? ¿No ves que están a punto de llegar? ¡No te quedes ahí parada! No entiendo por qué eres tan vaga, de verdad, por qué has nacido vaga. Es que no te he visto hacer una cama en toda mi vida. Sé que me moriré sin verte hacer una cama. Es que no parece que seas una mujer. Y no me mires así: debería darte vergüenza.

Creo que está a punto de escupirme cuando empieza a jadear otra vez. No puede hablar mientras agoniza.

Mi abuela cree que estamos solas. No ve a su compañera de habitación, una anciana solitaria. Las camas están demasiado cerca para el familiar que queda en medio de ambas, en este caso yo. Nadie acompaña a la otra, estamos solas las tres, aunque mi abuela no contempla la presencia de su vecina. Pero sí observa la luz que entra por la rendija de la puerta, mucho más lejos de su cama. La obsesiona la luz radiante que conduce al pasillo de la planta once de neumología.

—Es la última vez que te lo digo. ¿Quieres hacer el favor de cerrar?

—Creo que es mejor dejarla así, abuela. No puedo apagar la luz de fuera.

—Mis hijos están durmiendo en el cuarto de atrás y les molesta la luz. Es que no te fijas en nada, sabes que están cansados y que les molesta la claridad, ¿tanto te cuesta cerrar la puerta? Va a ser imposible que encuentres un marido que te aguante.

—No estamos en casa, abuela, no puedo apagar esa luz.

—Déjalo, que voy yo, es preferible hacerlo antes que mandártelo. Ni eres mujer ni eres nada —refunfuña.

Y se da la vuelta para mirar al otro lado de la cama, donde no tenga que verme.

Mi abuela nunca me ha tratado así. Nunca, en toda su vida, ha puesto sobre mí (ni sobre ninguno de sus hijos) el peso de sus expectativas. Hasta la noche en que deberíamos despedirnos.

Me preocupa MiMadre y lo que está a punto de pasar. Hay un pasaje de Joyce Carol Oates donde relata lo que está por venir con tremenda claridad: «Algo se quebró y empezó a sangrar en mi pecho cuando me incliné sobre mi madre, cuando vi a mi madre de aquel modo. A ti también te ocurrirá, de una forma única. No lo tendrás previsto, no puedes prepararte para ello y no puedes escapar de ello. La hemorragia no cesará en mucho tiempo». A mí me asustó este texto, su amenaza y su certeza. Lo que pasa es que MiMadre no ha leído a Oates. MiMadre no ha leído casi ninguno de los libros que yo he leído, puede que ni uno solo de los libros que han cambiado mi vida. Pero mi abuela morirá de todos modos.

En este momento, resulta evidente que es cuestión de vida o muerte. Sin embargo, no tengo ganas de hacer las camas. Mi abuela tendrá que morir con eso.

A las enfermeras nunca les pide que vayan al salón ni les habla de los invitados. He llegado a pensar que se le va la cabeza, pero no es eso. Sea lo que sea que esté pasando, es algo que viene hacia nosotras. De aquí no se va nadie. Es esa luz que avanza bajo la rendija de la puerta y que no se detiene. «¿Cuántas veces tengo que repetirte que la cierres?» Nunca antes he rezado para que amanezca, hasta esta noche. Aunque mi abuela se conformaría con que le dijera que voy a hacer las camas para descansar de una vez.

Son las seis de la mañana y hemos vencido. Ella duerme con la boca abierta como una luna.

Cuando despierta, algunas horas después, hace gestos que me recuerdan a H1. No solo porque le hayan quitado su dentadura y tenga, igual que mi hija, una sonrisa medio desdentada, unos dientes que se van y otros que aún no han llegado. También está esa forma suya de fruncir el ceño tan definitiva y el modo en que pasa de la ira a la ternura con un breve aleteo en la comisura de los labios. Por no hablar de los ojos, tan vivos, gemelos en el bebé y en la anciana. No sé si se le escapa la poca vida que le queda por ellos o si concentra ahí todo su esfuerzo por retenerla, prisionera.

Esta mañana, mientras gemía de dolor y apretaba con el pulgar el maldito timbre por el que las enfermeras ya ni se inmutan, ha tomado aire para decirme:

—Qué guapa eres. —Los ojos tan pequeños, sin ni siquiera pestañas con que despedirse—. ¿Cuántos años tienes?

—Treinta y siete.

—Eres una niña.

—¿Tienes hijos?

—Una hija, H1.

Entonces ha cerrado los ojos, como si ya no doliera nada.

Mientras haya niñas.

LA ENTREGA A MIMADRE

Mi abuela era una mujer pobre. MiMadre se quedó embarazada demasiado pronto, sin querer, a los veinte años. Se casó de blanco con una pamela de tul y el rostro de mujer más delicado que he visto en mi vida. Aparece en las fotos como una figura de Lladró entre las manos de un niño.

Mucho antes de eso mi abuela parió a MiMadre, también muy joven, también antes de tiempo. Creo que mi abuela estuvo a punto de no tener a MiMadre. Creo que sabía perfectamente cómo deshacerse de ella.

MiMadre recuerda que cuando tenía seis años un hombre y una mujer muy elegantes fueron a merendar con ella y con mi abuela. MiMadre llevaba un abrigo rojo y unos zapatos de invierno dos tallas más grandes, los mismos que usaría los tres próximos inviernos. Pero aquella pareja no se llevó a MiMadre a su casa. En vez de eso, mi abuela la envió a un internado público durante seis meses. Un sitio donde le dieron de comer tres veces al día, todos los días. Y donde le enseñaron a escribir su nombre. Dormían sobre sábanas viejas que, según MiMadre, se rompían con solo mirarlas. Entonces una monja sentaba a MiMadre en un patio de piedra cuadrado y la obligaba a coser el roto. MiMadre no sabe coser. La monja la castigaba encerrándola en una habitación sin ventanas para que aprendiera. Pero ella nunca aprendió. La monja decía que era obstinada, que no quería. Y tenía razón: MiMadre no quería aprender.

A mi abuela no le gustaba hablar de sus hijos. Tuvo ocho, uno murió en el parto y otro a los diez días de vida. Seis salieron adelante. MiMadre fue la primera. Le encantaban los niños, a mi abuela. O eso me parece a mí, que soy su nieta. Le gustaba jugar conmigo y comprarme regalos. Pero no le gustaba que las mujeres pariésemos a destiempo.

—Los hijos siempre los tendrás sola —me decía.

—A lo mejor necesito un padre para que me ayude a fabricarlos, abuela —bromeaba yo.

—Ahora se oyen muchas tonterías con eso de que los hombres os pueden ayudar.

—A lo mejor es porque pueden.

—Los hijos son de las madres, no te dejes engañar.

MiMadre era la hija de mi abuela. Y mi abuela decidió parirla. Y decidió criarla en casa junto a sus cinco hermanos. Decidió criar a todos sus hijos aunque llevaran los zapatos dos tallas más grandes. Mi abuelo por lo visto no fue de gran ayuda.

Cuando MiMadre se casó se fue a vivir muy lejos con mi padre, el hombre que iba a darle uno de esos hijos que «son de las madres», que era yo. Poco después me puse muy enferma. Tenía seis meses y no me bajaba la fiebre. Hacía mucho frío en el apartamento donde vivíamos. Mis padres no tenían calefacción, ni estufa, ni chimenea, ni mucho dinero. MiMadre me metía entre sus pechos y yo no paraba de sudar bajo el frío de las sábanas. MiMadre pensó que me moría. Entonces llamó a mi abuela desde una cabina de teléfono con un montón de monedas apretadas en el puño.

—Mamá, no sé qué hacer, creo que la niña se me muere.

—Hija de puta, eso te pasa por irte de casa —dijo mi abuela.

Y colgó.

Años después nos fuimos las tres de vacaciones: mi abuela, MiMadre y yo. Por entonces mi padre ya había muerto, una noche, sin avisar. El hotel tenía una piscina enorme.

Mi abuela me compró una muñeca antes de llegar, en el aeropuerto. Una muy cara. Mi Nena Blandita, así es como se llamaba la muñeca, que era del tamaño de un bebé real.

—Mamá, ¿qué haces? ¿Por qué gastas tanto dinero nada más llegar? Las vacaciones acaban de empezar —dijo MiMadre.

—Por eso mismo. Porque estamos de vacaciones. No quiero quedarme sin tiempo para gastar —respondió mi abuela.

Y yo la entendí.

Mi abuela es la mujer más fuerte que he conocido.

Cuando MiMadre me contó la historia de mis fiebres y lo cerca que estuve de la muerte, se me quedó grabado el insulto de mi abuela, su crueldad. Todavía tengo la cicatriz de aquella herida. Entonces yo tendría quince años y preguntaba a MiMadre por todos y cada uno de los acontecimientos de su vida, que era también la mía. Estuve tres meses sin hablar a mi abuela. Aunque juraría que ella no se enteró de mi silencio. Pero tardaría años, muchos más años, en llegar a la conclusión, poco antes de su muerte, de que mi abuela no era una mujer mezquina.

Necesité sobrevivirla para comprender su dolor y su cansancio, ocho hijos después, dos bebés muertos después. Y una hija que no aprendía, que no quería aprender.

Gracias a esa hija, estamos hoy aquí.

Su madre estuvo demasiado cansada para MiMadre. Y cuando MiMadre más me necesita, cuando es un charco de pena sobre la baldosa de un hospital, tampoco yo puedo recogerla.

VIOLENTAMENTE

Pagamos cuatro euros por cada una de las diez primeras palabras con que anunciamos la muerte de mi abuela en una esquela de la prensa provincial. Cincuenta céntimos más por cada una de las siguientes hasta las treinta y cinco palabras que elegimos como despedida. Esa fue la única vez en toda su vida que el nombre de mi abuela apareció en un periódico. No fue una mujer socialmente relevante, tenía setenta y cuatro años, llevaba mucho tiempo enferma, fue un dolor esperado y aceptado en su justa medida por quienes la lloramos. Pero lo dejó todo más apretado: las faldas una talla menos y el corazón dentro de una faja.

Mi abuela nunca me vio hacer una cama. Fue uno de sus últimos deseos antes de morir. Y murió sin verlo.

H1 tenía seis meses cuando ella murió. H2 aún no había nacido, pero yo sabía que se iba sin conocer a alguien importante.

Entiendo por qué hay personas que detestan a los niños o a los viejos o a los dos. Es por su maldita insistencia. No hay manera de callarlos, ni siquiera mudos se callan. ¿Por qué estoy aquí? ¿Qué me ha pasado? ¿Qué eres tú y por qué estás conmigo? Esos ojos que te dicen: «Te quiero», «No te vayas», «Te necesito», «Te quiero tanto», «Te necesito tanto», «Cuando no te necesite…». Ese amor que exhala por los ojos, ese tufillo hediondo y dulzón, ojos que aman, que te aman y te necesitan hasta para respirar. Los niños y los ancianos tienen esa inmensa capacidad de agradecimiento que solo es proporcional a su capacidad para la demanda. Pero hay gente a la que no le gusta sentirse querida de esa manera tan abrumadora. Temen no poder corresponder. Y es normal, porque no se puede. Es difícil mantener la mirada a una persona que está a punto de irse, como lo es sostener la de un recién nacido que mira por primera vez, ambos atraviesan el tiempo, ambos vienen de o van hacia ese otro tiempo. Esa es la razón por la que muchas madres «se enamoran» de sus bebés, porque ellos las atraviesan por primera vez como si antes no hubiera existido amor ni tiempo. Y es también el motivo por el que es tan difícil despedirse de las personas que amamos. Incluso en la agonía queremos darles más. Y queremos recibir más. Aunque sea más dolor.

MiMadre cogió la mano de mi abuela justo antes de que esta muriera, oyó su último aliento en la cama oscilobatiente del hospital, en un box rodeado de las cortinas de plástico que separan una muerte de otra.

—Adelante, no queremos que sufra —dijo al médico de guardia.

Después de esa noche, MiMadre ha oído aquel aliento muchas otras. En realidad, lleva ese aliento en el pecho desde entonces. Sé que se ahoga todavía con esa pena que no sabe de dónde le viene a media tarde, capaz de asaltarla cuando espera en la cola de la carnicería mientras se repite a sí misma «medio kilo de filetes de cadera». Entonces vuelve a sentir la mano fría de su madre cuando aprieta la mía caliente en el cine o en el sofá. Un dolor nuevo anida en MiMadre, late dentro de ella. Creo que podríamos medirlo con un doppler. Igual que cuando oí por primera vez el corazón de H1 y el de H2 gracias a la monitorización fetal.

—¿Puede oírlo? —dijo la doctora—. Es porque está vivo. Su bebé está bien. Sigue adelante.

Y aquellas semillas de corazón sonaban como el galope de un caballo. Antes había oído la nada apagada de corazones que no caminaron conmigo. Lo mismo pasa con una madre muerta. Se queda dentro, anida en el hueco que dejaron nuestros hijos, los que tuvimos y los que no. El caso es que se queda ahí. Algún día inventarán un doppler de última generación capaz de oír el latido de los muertos que llevamos dentro. Seguramente se fabrique en China, se llamará *angelsound*, costará entre cien y doscientos dólares y lo compraremos en Amazon Prime (este tipo de cosas siempre se compran con prisa). Con él escucharemos el galope de nuestros muertos dentro de nosotros hasta que un día callen y solo quede silencio.

Desgraciadamente aún no tenemos este *angelsound*, pero yo casi puedo tocar el dolor que guarda MiMadre llegando hasta mí, como ahora mismo. Puedo meter mis manos dentro de ese dolor igual que puedo meterlas en la masa del bizcocho que seguimos cocinando con la receta de la abuela: un yogur de limón, dos envases de yogur llenos de harina, dos de aceite, dos de azúcar, tres huevos, una cucharada de levadura. Es un dolor pegajoso que mancha todo lo que toca. Precisamente ahora mismo está ensuciando las florecillas rojas de la camisa de hilo que H1 lleva puesta. H1 está sentada delante de mí, en silencio. Dibuja en el suelo sin hacer ruido, que es como hay que hacer las cosas mientras mamá escribe. Solo que ahora mamá no escribe. Ahora mamá la está mirando. Le encanta dibujar. Dibuja una princesa con un vestido largo hecho de pétalos, cada pétalo es de un color, como un arcoíris. Son tan rojas las flores de su camisa que apenas me dejan ver.

A veces MiMadre lamenta que mi abuela tuviera que morir después de todo en un hospital, en una cama anónima rodeada de cortinas de plástico. Pero es mentira.

Mi abuela murió en una casa abierta con las camas deshechas mientras se enfadaba conmigo por lo poco que me gusta hacer la cama. Descanse en paz.

Chantal Maillard publica *La mujer de pie*, un libro sobre la muerte de la madre, poco después de la muerte de mi abuela. «No quiero que te vayas, no del todo. Pero lo cierto es que estás en-mí-desapareciendo y eso es lo que duele, este ser de ausencia, este ausentarse o, tal vez, la idea de ausencia que acompaña tu imagen. Diluida, cuando quiero atraparla.» Chantal tiene razón. Ella explica que una madre termina de morir violentamente en sus hijas, igual que nosotras nacimos violentamente de ellas. El cuerpo de una madre cobija durante meses a los que van a venir. Así esa madre prepara su cuerpo para guardar después durante meses, puede que años, el cuerpo muerto de los que han de morir. Nuestras madres se nos desharán adentro como antes se hicieran nuestros hijos.

Está bien pensar sobre estas cosas. Estos pensamientos pueden ser las ramas de un palafito construido a la medida de nuestro naufragio. Es una construcción rudimentaria y puede que inútil, por donde entrará el agua si llega a llover, pero es un techado donde resguardarnos después de todo. Puede que llegue a ser mi único cobijo. MiMadre no piensa sobre estas cosas.

MY NAME IS LUCY

Hay un momento, normalmente por la tarde, cuando el sol está a punto de despedirse, en que una madre es la mujer que espera junto a la ventana. A quien espera es a un hombre y, mientras lo hace, celebra íntimamente que tiene todo lo que puede desear, salvo por esa maldita espera que estropea lo demás. Es entonces cuando esa mujer mira detenidamente al otro lado, con esa mirada y por esa ventana. Ninguna queremos sentarnos frente a ese vacío. Es el cristal donde posó su cansancio la madre servil y anticuada. Es por donde veremos marchar a nuestros hijos cuando nos abandonen. Pero, por otro lado, es también la ventana por donde mira la mejor madre del mundo. La que antepone, naturalmente, sus hijos a sus deseos. La que no se cuestiona nada, la que sabe amar por encima de todas las cosas, hasta de sí misma.

Esta tarde yo soy esa madre. Estoy asomada a nuestro balcón de La Latina en Madrid, sola, y sé que por ese cristal veré pasar mi vida. Incluso puede que llegue el día en que, si presto la debida atención, la vea regresar.

Es verdad que no creo que esté sola en el mundo, eso está claro. Porque desde aquí, siento la presencia de muchas más como yo. Por ejemplo, noto muy cerca, casi diría que puedo tocarla, la mano de una madre de mi edad que está regando sus plantas en su jardín o en su pequeño balcón de Brooklyn Heights. Siento también a las que hornearon bizcochos en ciudades dormitorio en la década de los sesenta, no hace tanto. Y estoy por pedirle que me líe un pitillo a esa otra madre, sentada en la terraza, rodeada por el ajetreo de una favela de Río. Todas tenemos algo en común. Porque una madre que cría a su hijo se convierte, antes o después, en una mujer que espera dentro de una casa.

Y aunque es evidente que no estoy sola, lo cierto es que no puedo hablar con nadie de esto. Y esa es otra forma de soledad. Salvo que quizás, no sé, suene el teléfono, cosa que puedo hacer que suceda en este mismo instante. Porque aquí y ahora mando yo y puede pasar lo que me venga en gana. Y me puede llamar quien yo diga.

—Hola. ¿Puedes hablar? —La voz que oigo al otro lado es gruesa y vieja.

—Solo mientras mi hija duerma. ¿Quién eres? —respondo.

—Soy Lucy.

—Perdona, pero creo que te has confundido.

—Eso es imposible. Te estoy llamando porque acabas de pedirlo.

—Lucy ¿qué más?

—Lucy a secas. Soy la Madre de la Humanidad, nos conocemos.

—Seguro que sí.

—Entra en Google si no me crees. O, mejor, haz memoria. Africana, etíope, bajita, un metro diez, veintisiete kilos, madre de varios hijos, no recuerdo cuántos, he salido muchas veces en la tele.

—¿Cuántos años tienes?

—Es difícil saberlo. Sobre la tierra llevo ya tres millones largos. Pero estoy muerta desde los veinte y mi mente está intacta, igual que entonces. Así que soy más joven que tú a pesar de todo.

—¿Estoy hablando con un maldito puñado de huesos?

—¿Y a quién le importa eso ahora? Te estoy llamando como mujer y como madre.

—Vale, te acabo de googlear. Eres horrible, ni siquiera eres una mujer.

—Tres millones de años después y aún no soy «suficiente». Para tu información, soy una hembra australopithecus. Y además, soy tu madre, me debes respeto.

—Puede que descienda de ti, pero no soy tú.

—Que no te confunda mi aspecto, querida, no soy ningún primate. Estás hablando con la Madre de la Humanidad: lo que sigue de mí solo asciende. Soy el vértice del mayor cambio sobre la tierra.

—Espera. Creo que mi hija llora.

—Deja que lo haga. Los bebés tienen que llorar.

—Ahora sí pareces MiMadre.

—Tú y yo somos iguales, dos madres atravesando el tiempo, nada más. Salvo que tú eres una entre tantas y yo fui la primera.

—La primera es otra entre tantas. Para tu información, nadie se acuerda hoy de ti. Me temo que la historia de Eva vendió más libros que la tuya.

—Eso es porque su historia resultó más comercial, pero no es mejor que la mía. En todo caso, soy la primera madre, me da igual si ella se ha ganado un lugar como primera mujer.

—Una madre que no recuerda ni cuántos hijos dio a luz.

—La clave aquí no es cuántos tuve sino qué hice con ellos. Sabrás que me encontraron junto con sus restos. Doce individuos que vivíamos juntos, es decir: una de las primeras familias hace más tres millones de años. Lo que intento decirte es que estás hablando con la primera que tuvo hijos en vez de cachorros.

—¿Y cuál es la diferencia?

—La diferencia es que yo no me dediqué a comer manzanas en el jardín que otro sembró. Yo fui la primera que imaginó a su hijo, la primera que creó un espacio mental donde criarlo y la primera a quien sus hijos dieron la mano para caminar.

—¿Y por qué tú?

—No hay una sola razón. El hecho de ser una de las primeras hembras bípedas fue decisivo, eso está claro. Pero hay algo más, un salto de fe. O, mejor dicho, un salto de la imaginación. Porque, te pongas como te pongas, alguien tuvo que atreverse a imaginar antes de cazar. Y eso lo cambiaría todo. Lo cambió hasta el punto de que una tarde, en medio del último regreso, una hembra ofreció por primera vez la mano a su cría, porque comprendió que así llegarían más lejos.

—Deja que lo adivine: fuiste tú.

—No solo. Seguro que tú también has encerrado la mano de tu bebé en tu puño suave. Y habrás contado sus dedos y colocado tu palma contra la suya mil veces. ¿Sabes por qué lo haces?

—Seguro que tú sí.

—Lo haces porque esa mano tan pequeña atesora nuestra humanidad.

—¿Eres la inventora del hijo?

—Del hijo y del padre, para ser precisas. Antes de mí, los machos eran solo semen en expansión, no te engañes con eso a estas alturas. Pero todo eso lo cambié para ti.

—Antes y después, me temo que las cosas no han cambiado tanto como tú crees.

—Ingrata.

—Te digo la verdad.

—¿Es que no te das cuenta? ¡Estás hablando con la primera mujer por la que un hombre volvió a casa! La primera que esperó a su macho en una cueva. Soy la inventora de la ventana por la que miras.

—¿Acaso crees que me gusta mirar por la maldita ventana? Yo no nací para esperar.

—¿No dices que eres escritora?

–¿Qué tendrá que ver?

–Sin maternidad no hay escritura ni historia alguna que contar. La primera madre tuvo que inventar la memoria. Y de aquella mujer nació el primer ser humano.

–¿Una humanidad con hembras en cuevas y machos de caza?

–Es que eso fue precisamente lo que cambió nuestra historia: los cazadores aprendieron a volver porque nosotras les enseñamos a recordar. Sin memoria no hay hijo y sin hijo no hay regreso. Sin recuerdo ningún hombre podría haber vuelto nunca a casa. Y sin regreso no hay comida. Además, la memoria nos permitió seguir el rastro de las presas durante mucho tiempo, porque el hombre tenía un arma que ningún otro adversario poseía: nuestra memoria. Éramos más débiles en todo lo demás, pero el rasgo que nos convertía en humanos nos hizo también más fuertes.

–Mira, yo gano mi propio dinero, desde siempre. No necesito ningún orangután que me mantenga. Por mi parte, todos los Ulises del mundo pueden ahorrarse el viaje.

–No te enteras de nada –susurra Lucy al otro lado. Creo que está a punto de colgar, y no me parece mal. Sin embargo, sigue–: Pero no es culpa tuya, es el dinero que lo confunde todo. Esto no va de si compras por internet o del sexo de quien mata por ti la pieza. Tampoco de si eres tú la que sale de caza. Todo eso ahora da igual. Lo importante de esta historia es que las madres inventamos la memoria. Y de que sin memoria seríamos animales.

–¿Por qué crees que fuiste tú quien le enseñó? A lo mejor fue el macho quien eligió volver y tú no inventaste cosa alguna. A lo mejor solo fuiste una mona sexualmente disponible.

–Acabas de vomitar lo peor de un hombre. Pero sí. Es un tema sobre el que los investigadores siguen discutiendo. Por eso te he llamado, para aclarar todas las dudas. Métete esto en la cabeza: primero fue la madre. Y deberías creerme, puesto que soy la primera. La madre inventó al hijo. Después al padre y por último enseñó a sus compañeros y a sus hijos a recordar.

—Y luego a sacar brillo a la cueva. Esa historia sí me la sé.

—La cueva es un espacio que se habita en la imaginación. ¿O qué te crees? El lugar de regreso no pudo ser geográfico, habría servido de poco para una familia nómada como la mía. Hubo que conquistar un espacio mental. Y yo lo hice, igual que lo intentas tú ahora. Sin madre no hay pensamiento, para que lo entiendas de una vez. Y tú, una madre de tantas, eres ahora guardiana de ese espacio. Por eso custodias tu ventana, no porque vayan a entrar filetes volando por ella. Y por eso escribes.

—Guardiana de la humanidad.

—Nuestra especie no era la más fuerte, pero sí la única capaz de seguir un rastro psíquico. Eso convirtió a nuestros machos en los mejores cazadores. Porque siempre vence el que recuerda.

—Seguro.

—Sin una madre que nos salve la vida, todos seríamos dinosaurios arrepentidos.

—Ya.

—Aparca tu enfado para entender. Porque en esta historia hay una creadora: la mujer. Y un actor: el varón. Ellos no escribieron la primera historia, aunque después se hayan quedado con todos los bolígrafos.

—Las mujeres siguen escribiendo historias. ¿Quieres que te cuente la mía?

—Creo que no tenemos tiempo. Estás a punto de colgarme.

—Gracias por llamar, de todos modos.

—De nada. Me ha encantado hablar contigo. Me recuerdas a mí antes de morir.

H1 sigue dormida con las manos cerradas en diminutos puños sobre el pecho, como un boxeador diminuto. Ahora el sol está a punto de llegarle a los ojos así que cierro ligeramente la capota del serón. Abro un poco sus manos y coloco mi dedo índice sobre su palma derecha. Entonces, inmediatamente, ella aprieta con fuerza e instinto. Nunca había pensado en la primera hembra que acogió una mano. Pero sí sé, porque me lo contaron en el colegio, que con sus manos torpes aquella primera mujer aprendió a tallar las flechas con las que cazarían sus compañeros. Y solo ahora, cuando la mano de H1 se agarra a la mía, comprendo que mis manos fueron hechas para la ternura. Justo ahora, sé que la acaricio con todo el amor que hay en el mundo. Una cantidad tan inmensa que solo cabe en las manos de una madre que hoy son las mías.

Todo me lo contaron mal. La primera flecha está hecha de caricias sobre una piedra.

PRIMERA PERSONA DEL PLURAL

Antes de llegar a casa he estado escribiendo en una cafetería. Por suerte, H1 llegó completamente dormida bajo su burbuja para la lluvia, embutida en su saco térmico. Me pregunté un par de veces si retirar el plástico del carrito y quitarle al menos el abrigo, porque dentro del local hacía demasiado calor. Pero al final preferí no hacer nada y dejarla sudar para no despertarla y así poder avanzar en lo mío. Las gotas le caían como lágrimas por la frente.

Hacia la mitad del capítulo, entró en la cafetería una mujer con otra niña en un carrito. Ella sí retiró la burbuja y bajó la cremallera del saco. Y eso que no se quedó mucho rato.

—Hola, Carmen —dijo el camarero mirando tiernamente al bebé que acababa de entrar—. ¿Cómo está hoy la niña más guapa?

—Pues estamos un poco insoportables —contestó su madre—. Toda la tarde con lo mismo. Que queremos patatas.

—¿Que quiere patatas la niña más guapa?

—Tatas, tatas, tatas. Queremos tatas —siguió la mujer—. Llevamos toda la tarde llorando por unas patatas. Así que aquí estamos, aunque después no cenaremos.

Al escucharla me di cuenta de que es muy normal que las madres hablemos en primera persona del plural para referirnos al ser coral que formamos con nuestras crías. Especialmente cuando el bebé hace algo que está mal o que es molesto para los adultos. «Que nos hemos hecho pis», «Que nos hemos caído», «Que queremos agua», «Que estamos insoportables», «Que no hay quien nos aguante», «Que tenemos que dormir». Cuando el bebé hace algo bien, entonces el mérito es solo suyo. «Es la niña más preciosa.»

—Pues aquí están tus tatas —resolvió el camarero, eficiente, con una bolsa crujiente en las manos.

Tatas, toda la tarde para unas patatas. Toda la tarde. Las piernas regordetas en los leotardos, las babas resbalando por el mordedor. Una bola de amor es Carmen, una bolita de tiempo. De mucho tiempo, de muchas tardes.

Nunca he oído a ningún padre hablar sobre sus hijos en primera persona del plural. Lo pienso ahora, con el cuerpo de Hombre cerca del mío, sus brazos rodeándonos a mí y a H1, que ha vuelto a dormirse en mi mochila canguro. Hombre besa alternativamente mi boca y la cabecita de nuestra hija.

—Nos gustan tus besos —digo.

¿Será una forma de locura hablar en primera persona del plural? ¿Cuánta gente cabe en la primera persona de ese plural?

Los padres rara vez llegan a estar poseídos por sus hijos, mientras que en nosotras resulta tan frecuente que se da por hecho. Ahora mismo, por ejemplo, yo estoy poseída por H1, aunque jamás confesaría una cosa así a nadie. Pero, en el fondo de mi ser, creo que hay dos personas en la habitación: Nosotras por un lado y Hombre por otro.

Después de todo, la posesión es otra forma de aprendizaje y las madres llevamos siglos de entrenamiento en la materia. Nos han poseído los dioses y los hombres, nos han preñado durante siglos sin nuestro consentimiento, desde la Virgen María a la Bella Durmiente de Giambattista Basile pasando por la última mujer poseída, hace poco, quizás ahora mismo, por un hombre violento que la amaba.

Pero dioses y varones no lo tendrían tan fácil si no fuera por el entrenamiento de alto rendimiento al que nos someten nuestros hijos. Se forman dentro de nosotras, nos invaden enteras, nos llenan el cuerpo y el alma hasta conquistar la más perfecta simbiosis y cuando llegan al mundo siguen por mucho tiempo dentro de nosotras de una manera en la que jamás podrá un ser humano entrar en el cuerpo y la mente de un hombre. La niña del exorcista tiene que ser, ante todo, niña. El demonio podría ser cualquiera.

Tatas, tatas, tatas. «Queremos patatas», dijo la madre de la cafetería con esa impostada voz de pito. ¿Quién quería las patatas? ¿La madre? ¿La niña? ¿O las dos?

Después de nacer, el bebé distingue la voz de su madre, su corazón, su olor, su respiración. Y esto es así porque el bebé sigue dentro de la madre después del parto. Dicho de otra manera: nuestros hijos se nos quedan dentro, para siempre. Y esta realidad, que conoce desde siempre cualquier mujer que haya gestado, es desde hace muy poco una evidencia científica. Está empíricamente demostrado que el bebé y la madre intercambian células durante la gestación. O sea, que las células de nuestros hijos, tanto niños como niñas, escapan del útero y se desperdigan por nuestro cuerpo en un fenómeno insólito que los científicos han bautizado como microquimerismo fetal, en honor a la quimera, un monstruo de la mitología griega que era una mezcla de león, cabra y dragón. Lo que hacen esas células en el cuerpo de la madre aún no está claro. Pero lo que sí sabemos es que no se limitan a circular pasivamente. Las células fetales que terminan en el corazón, por ejemplo, pasan a formar parte del tejido cardíaco hasta convertirse en células de un corazón que late. Normal entonces que Carmen pida patatas al camarero a través de la boca de su madre.

Lo cierto es que, antes de que los niños hablaran por la boca de sus madres, lo hicieron los dioses. Pitia, la intérprete del dios Apolo, era, por supuesto, una mujer. Y cuando pronunciaba sus profecías desde su templo en Delfos lo hacía hablando siempre en primera persona, con una voz ronca que jamás se le oía cuando no estaba poseída. La Pitia era la boca de Apolo y por eso hablaba con voz de ultratumba en medio de su *enthousiasmós* (el rapto divino de los griegos). Hoy somos las madres las que hablamos con esa voz aguda y chillona con que nos poseen nuestros bebés, tan entusiasmadas todas. «¿Cómo hace el caballi-i-i-i-to?», preguntamos en un tono chillón que nunca antes habíamos practicado. «Asíííí. Asíííí hace el caballito.» Las madres entusiasmadas alargamos siempre las vocales débiles. Nos encanta, de repente, la letra i.

¿Será ser madre una forma de imaginación? Las pitonisas aparecen en la Biblia y llegarán a la Edad Media, convertidas ya en brujas, en lamias, mujeres temibles de las que se dirá que pueden unirse carnalmente con el Diablo. Las brujas son y han sido mujeres sabias en todas las culturas porque bruja no es otra que la que descubre lo sagrado y lo mágico en todas las cosas. Que levante la mano quien no lo haya dicho al menos una vez en su vida: «MiMadre es una bruja». Pues bien: esta frase es cierta en todos y cada uno de los casos.

UN PADRE NO ES

Me pregunto qué es un padre, qué hace él aquí y qué significa en nuestra historia. Acabo de llegar a casa con H1 en la mochila (siempre dejo el carro en el descansillo, porque no tenemos ascensor) y el portátil bajo el brazo. Hombre nos espera, se alegra de vernos.

Ignoro qué es lo que está haciendo Hombre con su vida últimamente. Aunque hubo un tiempo en que nos lo contábamos todo, hablábamos entre nosotros y sobre nosotros. Sin embargo, reconozco que apenas pienso en él desde que H1 está aquí. Ser madre es una forma de generosidad sin límites que a menudo se aplica a un solo objeto: el hijo. Es decir, puede que sea un timo para Hombre. Así que lo abrazo inmediatamente y le digo cuánto le quiero nada más verlo. Él se deja hacer, como si supiera que lo merece.

Apenas hemos saboreado esa humedad dulce y protectora cuando una certeza aprendida llueve sobre nosotros, desprotegidos. Y retumba en mi cabeza: «No estamos juntos en esto».

—Te quiero —digo, bajo la finísima lluvia.

Y siento que con mis palabras sello una traición. Porque alguien dentro de mí susurra que Hombre es algo que está fuera de nosotras por mucho que nos empeñemos en disimularlo.

Inmediatamente después comprendo que estoy siendo injusta. Hombre es bueno y se esfuerza al máximo en formar parte de ese colectivo singular que somos Nosotras. Solo que es imposible para él. Porque hay muchas cosas que Hombre no es capaz de hacer «como una madre». Como, por ejemplo, algo tan sencillo como escuchar el llanto de H1 del modo en que yo puedo hacerlo. Y no me refiero a una percepción personal, sino a una incapacidad real. Porque existen algunos sonidos que su oído de hombre no descifra o que, sencillamente, no lleva dentro. No es que Hombre esté sordo, creo, es que su oído no ha evolucionado atendiendo al llanto de las crías. Mi oído de mujer, sí.

Son las cuatro de la madrugada cuando empiezo a propinarle ligeros codazos. Ahora más fuertes. Ahora lo despierto.

—¿Es que tú no la oyes? —pregunto enfadada.

Antes yo la he oído cinco veces y me he levantado todas ellas. ¿Es posible que no la oiga? Para mí es imposible no hacerlo. Aunque no sabría decir si la oigo llorar fuera o dentro de mi cabeza. A estas horas de la noche no sabría si quien llora es mi hija o soy yo. Porque, en realidad, no consigo distinguir muy bien dónde termina una y empieza la otra.

—No la he oído. De haberlo hecho habría ido a ver qué quiere en vez de despertarte. ¿Por qué me despiertas? Parece que te guste despertarme.

Pienso que tiene razón. No debería haberlo despertado.

—Es porque he ido cinco veces antes —digo.

—Lo siento mucho, no la he oído —se disculpa.

—Ve tú ahora, por favor.

Ir a atender a un bebé cuando llora puede suponer hasta dos horas de paseos o de nanas hasta que se vuelve a dormir.

—Claro. Es que antes no he oído nada, estoy agotado. Intenta descansar.

Y me besa. El hecho de que Hombre no oiga se debe, según Hombre, a que él está más cansado que yo. O eso me parece entender.

No la ha oído, me digo. Y también: ¡Pero ¿no la ha oído?! Sé que Hombre no miente y por eso aguanto.

Desde que soy madre, no solo oigo a H1: oigo a bebés que no conozco, los oigo llorar muy lejos, estén donde estén. Cada vez que en una película aparece un mercado abarrotado (siempre se ambienta con el lamento lejano de un bebé hambriento), subo a un tren de cercanías, veo el telediario o visito una nueva ciudad, puedo oír esos llantos, antes inaudibles. E inmediatamente pienso (aunque esté en un tuk tuk en Bangkok de vacaciones o en una mesa redonda trabajando): ¿Es la mía? O mejor. Estoy charlando con una madre en un parque de bolas y una de las dos oye un grito agudo en una de esas jaulas. Entonces pregunta: ¿Es nuestro?

Es evidente que alguien tiene que llevar siglos atendiendo al llanto de los niños para que hayamos llegado vivos hasta aquí. Porque es imprescindible que las crías sobrevivan. Despídete del homo sapiens, de la enciclopedia y del big data si nadie cuida de los niños y los viejos. Toda evolución se acurruca sobre el vientre de una mujer. Aunque estoy segura de que Darwin no oyó llorar a ninguno de los diez hijos que tuvo con su compañera y prima hermana Emma Wedgwood. Una vida entera de estudio sobre la selección natural y la evolución biológica para condenar a su estirpe a la endogamia. Tres de los diez vástagos de Darwin y de su prima murieron antes de cumplir los diez años. Pero estoy segura de que Emma atendió todos sus llantos con amor. Lo que pasa es que la elección no es siempre selectiva. Y eso a pesar de que Darwin no se casó por amor, sino por cuestiones logísticas. Hasta el punto de que elaboró una lista de pros y contras antes de decidirse a desposar a Emma Wedgwood. Casarse con ella le daría «hijos (si Dios quiere), compañía constante (mejor que la de un perro), cuidados de la casa... Todas estas cosas son buenas para la salud, pero una terrible pérdida de tiempo», según atestiguan sus memorias. Eso sí, «sin hijos, nadie que te cuide en la vejez, aunque con libertad para ir a donde me apetezca». Darwin estaba organizando sus posesiones, hembra incluida, como quien organiza sus tierras.

Me parece muy masculina la forma de pensar de Darwin, tan literal. No deja ningún espacio para la ambigüedad ni rastro alguno para la intuición. Es la clase de racionalidad que se muestra absolutamente incapaz de ver más allá de lo evidente. Hombre es mejor que Darwin, claro está, pero él tampoco ve, por ejemplo, todas las cosas que podrían pasarle a H1 en este momento. Todo lo que sucederá si no hago, si no voy, si no estoy, si me quedo dormida, si no quiero a H1 cada minuto, si no la quiero más que a mi vida, si no estoy siempre ahí. Hombre es muy precavido, es incluso más atento que yo, pero su atención es de otro tipo: más realista, probablemente más eficaz, menos intuitiva y, desde luego, no se declina con tanta culpa como la mía. Nadie le ha enseñado eso. A lo mejor es que Hombre no ve lo culpable que me siento cuando algo va mal con nuestra hija.

—¿Por qué no vas a ver? —digo.

Ahora estamos los dos tumbados en el sofá. Quizás haya tiempo incluso para una pequeña siesta. H1 duerme en su cuna. Nosotros somos dos guerreros exhaustos.

—¿A ver qué? —pregunta Hombre, incrédulo.

—A ver si está bien.

—Está bien, ¿no ves que no se oye nada?

—Pero es que tú nunca oyes nada.

—¿La oyes tú?

—Voy a ver.

Estar poseída por mi hija no es malo, es un don en realidad. Es un auténtico regalo. Pero es un regalo que no comparto con Hombre. Él está pegado a nosotras todo el tiempo, él piensa en nosotras, trabaja por nosotras, haría lo que fuera por nosotras. Solo que Hombre no es nosotras.

Porque no es lo mismo creer en Dios que ser santa Teresa de Jesús. La praxis importa. Experimentar el éxtasis importa. No es lo mismo comprender de qué va el sexo que follar. No es lo mismo follar que tener un orgasmo. «Pasaba una vida trabajosísima, porque en la oración entendía más mis faltas. Por una parte, me llamaba Dios; por otra, yo seguía al mundo. Dábanme gran contento todas las cosas de Dios; teníanme atadas las del mundo», escribió Teresa de Ávila. Esa clase de éxtasis es el éxtasis materno. Y hace falta estar poseída para comprenderlo. Porque el éxtasis es una experiencia mística. Por supuesto, no hace falta ser madre ni estar poseída por el hijo para experimentarlo. Pero es el único atajo que conozco. Para mí, no hay otra manera. De hecho, todas las madres que conozco son capaces de sentir como madres, después de experimentar en todos los sentidos a sus hijos. Pero solo unas pocas mujeres y unos pocos hombres pueden sentir como Teresa. El éxtasis de la maternidad se conquista desde la experiencia y está disponible para todas. El éxtasis del conocimiento se conquista desde la imaginación y está reservado a muy pocos elegidos, como Teresa.

En el caso de Hombre, es evidente que le va a costar alcanzar el éxtasis paterno por el camino de la experiencia. Él no ha llevado a H1 dentro, él no la ha alimentado con su sangre y con sus células. Al contrario, Hombre hace cada día un enorme esfuerzo para interiorizar a nuestra hija desde que yo la di a luz.

Observa a un padre primerizo de cualquier lugar del mundo y verás lo poco que tarda en mordisquear a su cría. El culo, el pie, una mano, el ombligo. Los muerden con dulzura furiosa. Y la madre dirá: Cuidado, no tan fuerte. Como yo se lo digo a Hombre todas las noches, después del baño: «Le vas a hacer daño». Aunque en realidad quiero decir: «Nos vas a hacer daño». Los padres mordisquean todo el tiempo las carnes blanditas de sus cachorros, es así.

Hay que dejarles; de otro modo, puede que intenten devorarlos a destiempo, cuando crezcan. Y ese es, sin duda, el peor de los casos. Todos conocemos a algún padre que ha preferido devorar a sus hijos antes que verlos crecer distintos a él. Y a algún hijo capaz de matar a su padre para poder crecer distinto a él.

La nuestra es otra historia. Las madres, para bien o para mal, vivimos poseídas natural y socialmente. Cuando por fin nuestros hijos pueden vivir fuera de nosotras y sin nuestra ayuda, entonces nos visita el deber ser. Que se presenta puntualmente para recordarnos que no podemos bajar la guardia. Que las madres, las buenas, estamos obligadas a querer a nuestros hijos más que a nuestra propia vida hasta la muerte.

Dentro de un año o dos, yo me lo preguntaré en la oscuridad de nuestro dormitorio. A solas, sin Hombre. ¿La quiero más que a mi vida? ¿Seguro que más que a mi vida? Un día se lo diré a H1 al oído, cuando esté dormida: «Te quiero más que a mi vida». Y otra noche, algunos años después, a H2. Las dos veces algo quedará flotando en el aire.

Pero nada de esto se menciona hoy en nuestra casa. En realidad, no hay mucho que decir en este momento. Lo único que pasa ahora es que hemos vuelto de la calle y que Hombre está feliz de tenernos cerca. Que ha celebrado nuestra visita y que se ha ido a terminar un artículo a su despacho. H1 juega con las líneas de luz que entran por la ventana y yo estoy cocinando con mi música preferida de fondo. Sin embargo, muy a pesar mío, estoy a punto de disparar cuando ni siquiera he puesto la mesa. Ahora mismo, antes de tiempo, esa bala que atravesará su cabeza.

—¿Por qué no me ayudas? —pregunto a Hombre.

Estoy de pie en la puerta de su despacho, quieta, estatua. Él trabaja en su ordenador.

—¿Cómo que si te ayudo? ¿Si te ayudo a qué?

—No sé, con la niña, con la casa. Está todo desordenado —digo mirando alrededor.

—He ido a la compra mientras tu escribías, he fregado la cocina, he hecho nuestra cama y, ahora que he terminado, estoy trabajando. ¿Puedo trabajar? —suplica.

—Pero es que yo no termino nunca. He hecho tantas cosas como tú y aún me quedan otras. Quiero saber por qué tú sí terminas. —Y no es un reproche. Es una pregunta sincera y llena de ira, pero no un reproche—. ¿Cómo lo haces? ¿Por qué hay un momento en que tú sí consigues terminar? ¿Por qué tú sí tienes tiempo para *tus cosas*?

—No lo sé. Es inagotable, da muchísimo trabajo. También es difícil para mí. Pero justo ahora pensé que podría avanzar un poco —dice Hombre.

Entonces oigo a H1 gimotear en alguna parte de la casa, muy bajito. Aún no gime, en realidad, pero está a punto de hacerlo.

—¿La oyes? —pregunto.

—¿A quién?

—¿A quién va a ser? —digo.

Hombre me mira y no lo dice, todavía no, aunque va a decirlo, sé que está a punto de decirlo. No lo digas, Hombre. Pero él también tiene un mandato que cumplir.

—No oigo nada —dice. Y termina de arreglarlo—: Eres una madre excelente.

Recojo sus palabras y me voy.

¿Qué me está pasando? Casi diría que a veces veo en Hombre a un enemigo. Es muy extraño. Es como si el demonio de la maternidad nublara mi pensamiento y hasta mis sentimientos. De alguna manera, me siento en contra de todo lo que he aprendido a pensar, aunque el propio acto del pensamiento se ha vuelto gaseoso para mí. He ganado perspectiva, pero he perdido foco. No sé lo que me digo cuando se me cruza una nota mental que debería añadir en algún momento de la novela: en los setecientos años que separaron a Hildegard von Bingen de Jane Austen, la escritura femenina se vio con malos ojos porque requería pensar, y esto interfería con la maternidad. ¿Va en serio? ¿Pensar interfiere? ¿Puedo pensar como este ser poseído que soy? En este momento estoy convencida de que no. La maternidad me impide pensar con claridad. Aunque empiezo a tener la convicción de que la claridad es, en realidad, una trampa para el pensamiento.

H1 VUELA CON LAS ALAS NEGRAS

Hombre camina calle arriba con H1 y H2 cogidas de la mano. Y yo les hago una foto y luego otra y después otra. Y pienso en compartir alguna en Instagram. Me gusta hacerles fotos: capturar el tiempo. Ellas caminan a pequeños saltitos para levantar agua a su paso. Ha llovido, las dos llevan katiuskas, H1 amarillas como un grito y H2 rosas como un chicle. Estamos en ese momento del otoño donde los adoquines ocres del centro de Madrid son como una alfombra de tierra para las hojas que caen. La ciudad parece así una pequeña aldea. Hombre juega con ellas a buscar guaridas de dragones en las alcantarillas. Cuando encuentran una, pisan rápidamente la ranura que hay en el centro de la tapa del registro: para que el dragón no pueda salir. Colocan piedras o cualquier cosa que encuentren. La calle por la que caminamos tiene doscientos metros y es posible que tardemos más de veinte minutos en recorrerla: hay que ser paciente para cazar dragones.

Es uno de esos días lluviosos en los que no hay nada que hacer, uno de esos días en los que yo hubiera sugerido ir al zoo, al cine, de compras, a una exposición, a un taller o al campo. Cazaremos dragones, dijo Hombre. Y eso hacen. Yo voy detrás, en la retaguardia porque es mi primera vez, mientras ellos me enseñan el arte de la caza ya que, por lo visto, salen de caza a menudo, cuando yo estoy en el trabajo, porque ya he vuelto al trabajo, aunque de eso hablaremos después.

Ahora están los tres rodeando el final de una tubería de desagüe. Se agachan a la vez, lentos y sinuosos. Yo contemplo a mi familia con satisfacción. Siento que todo está siendo ahora mismo exactamente como debe ser, como quiero que sea. ¿Es posible que estemos haciendo algo bien? Entonces, sin previo aviso, sin que nadie se dé cuenta: lo más terrible ocurre.

H2 está agachada entre Hombre y H1 cuando de la espalda de esta surgen unas inmensas alas negras, espesas y mullidas como la caricia de un demonio. Unas alas de cuatro o cinco metros de alto y más de uno de ancho que se abren sobre su cuerpecito y después continúan desplegándose sobre los de su padre y su hermana hasta que encierran a los tres en un abrazo alado. H1 no sabe que posee tremendas alas, por eso sigue jugando como si nada. Nadie puede verlas, solo yo. Esas alas son la muerte. Y, en cualquier momento, pueden levantar su vuelo silencioso.

No me da miedo la imagen porque sé que es eso, una visión, un espejismo de los míos, un miedo materno. Además, la imagen es hermosa.

—Has forjado una familia mortal por lo tanto debes saber que un día vendré y tomaré lo que es mío —dice la muerte.

Quizás debería gritar algo del tipo: «¡Llévame a mí primero!». Pero, en vez de eso, disimulo. Hago como que no he visto nada.

«Habla mucho que no te escucho», voy a decir. Pero me muerdo la lengua.

Es así. Un inocente paseo con las niñas puede estar cargado de imágenes y amenazas nuevas. La vida con hijos implica una sola certeza: se acabaron los días sin miedo.

H1 y H2 contienen, al mismo tiempo, todo lo bello y todo lo terrible. Todo cuanto es bueno y todo cuanto nos amenaza. No tienen ni idea de qué va esto. Solo quieren cazar dragones. La pregunta es: ¿quién las protegerá del fuego? Recuerdo a Rilke, en mitad de la calle: «Lo bello no es sino el comienzo de lo terrible». Y procuro agarrarme al verso. Pero las palabras se desvanecen.

Es domingo. Ellos siguen cazando, ha empezado a llover, otra vez. No menciono la imagen de las alas, no les interrumpo, no quiero ser aguafiestas. Después de todo, ellos están viendo dragones. Sus imágenes son mejores que la mía.

—¡Soy una bruja! —anuncio desde la retaguardia.

—¿Una bruja buena o una mala? Porque si eres mala, vas con los dragones, pero si eres buena, estás con nosotros —dice Hombre.

—Mamá es buena —asegura H1, un poco ofendida por la pregunta.

—Ena, ena —subraya H2.

—¡Las madres somos brujas buenas! —les grito.

Y agradezco su puntualización.

Voy a ser buena, me digo. Soy la única en la familia que ve las alas negras. Soy la única que sabe lo que nos está pasando. Y por eso soy también la mujer que enseñará a sus hijas lo sagrado y lo mágico que hay en todas las cosas. Por eso soy la bruja, porque soy la madre. Hombre caza dragones, pero yo puedo escupir fuego.

—¡Mamá! ¡Ayúdanos! Necesitamos una bruja buena para cerrar esta guarida. Es enorme —grita H1 en la boca de una alcantarilla.

Y corro en su ayuda. Y me coloco en el centro de las dos, junto a su padre. Y entonces despliego, poderosa, mis enormes alas blancas. Y, durante un instante, consigo que estemos todos a salvo.

QUIÉN ES LA MEJOR MADRE

En algún momento después de la muerte de mi abuela, empecé a perseguir bebés rosáceos, bebés vestidos de blanco con lazos azules y rosas. Después de todo, yo fui uno de esos bebés. Mi abuela y MiMadre cosieron las cintas de raso de mis faldones. Y algo me hizo pensar que mis hijas debían parecerse en algo a las suyas. Así que empecé a frecuentar otros parques. Porque no puedes encontrar todos los tipos de madres en el mismo. En realidad, cada parque es un pequeño gueto, porque la maternidad va por barrios, igual que los lazos, los calcetines con borlas, los petos vaqueros o el algodón orgánico. Así que tuve que salir del mío, que es muy moderno y de izquierdas, casi vegano, para buscar algo diferente.

Son fáciles de encontrar, madres visibles y ordenadas. La ropa de sus bebés es rosa para las niñas y azul para los varones. El hilo es su tejido favorito para las camisitas del bebé y hasta los cuatro meses las criaturas lucen chaquetillas tejidas a mano, heredadas de sus padres o abuelos. A su lado, todo es blanco y luz, como en las fotos con más likes de Instagram. La maternidad no es aquí un asunto primitivo sino social. Y no sé si eso es un respiro u otra trampa, pero lo recibo con alivio. El blanco recién planchado es el color más apacible.

Esta misma tarde, mientras paseo a H1 disfrazada de bebé antiguo, me siento especialmente orgullosa, como si luciera un trofeo dentro del carrito. En algún momento el sol le molesta y decido comprar un parasol de hilo blanco de ochenta y cinco euros para colocarlo en uno de los lados del carrito. Abro la inútil sombrilla (el sol le sigue incordiando) y siento el mismo placer que al desplegar un abanico en una tarde de verano.

H1 tiene cinco meses. El parasol no funciona pero tres señoras se acercan a nuestro carro para felicitarme por «lo guapa que llevas a la niña». Quizás sea una de ellas, después de todo.

Sin lugar a dudas, eso habría sido una excelente noticia, porque lo que yo iba buscando era un grupo con quien jugar. No pretendía juzgar a las otras madres, solo encontrar una pandilla, las amigas con quienes ir al parque y compartirlo todo. Un asunto urgente teniendo en cuenta que la madre más cercana con quien había hablado desde que nació mi hija se llama Lucy y lleva muerta tres millones de años.

El tema es complicado porque la maternidad no está exenta de ideología, todo lo contrario; y la ideología conduce al dogma y el dogma a la decepción. De hecho, una buena parte del amor materno no es más que buena (o mala) educación, según se mire.

De momento, con la sombrilla abierta, me dispongo a amamantar sentada junto a una madre desconocida. Tiene tres hijos vestidos igual jugando justo enfrente. Me cubro con mi pañuelo de seda y compruebo que nadie nos presta atención. Pero justo a mi lado comienza una conversación, que no sé si he provocado.

—Con biberón me crie yo y aquí estoy —escucho a la primera—. ¿Tú hasta qué edad le diste de mamar?

Y lo dice como diciendo: ¿Cuándo demonios acabará esto?

—Yo al mayor no le di teta. Y se ha criado fuerte como un roble —responde otra voz.

Algunas mujeres se sienten atacadas por la nueva exigencia cultural de una fusión primitiva con sus criaturas. No sé, quizás de tanto ocultarnos, la fusión se haya vuelto menos instintiva, más cultural. O simplemente menos. Instintivamente me retiro el dichoso trapo. Y contemplo cómo H1 se alimenta. «Creo en la resurrección de la carne y en la vida eterna», me digo, rodeada por un montón de niños que a diferencia de mi hija tomarán, con total seguridad, la primera comunión cuando crezcan. Creo en un clavo ardiente donde pueda agarrarme, en cualquier océano que me acepte como una de sus gotas.

¿Es que no hay solución? ¿No podría una madre ser socialmente sofisticada e instintivamente primitiva a la vez? Por supuesto. Todo está inventado para nosotras. El único problema es que esta madre tan razonable es, sin lugar a dudas, la peor madre de todas. Es una *fucking hippy*, la que hizo que todo saltara por los aires, una fumaporros sesentera, todas la conocemos. Es la mujer que intentó tenerlo todo a base de no necesitar nada. Los niños hippies no llevan lazos ni ropa planchada, pero sus madres son seres sociales, utópica y dramáticamente sociales. Me encantan las madres hippies. Me gustan porque saben que el hijo que han tenido no es suyo, que pertenece al mundo, que es un poco de todos. Hasta de su padre. Saben que cualquier cosa podría pasar, puesto que estamos vivos y, de alguna manera, esta convicción hace que el riesgo sea más humano. El problema es que no hay madres hippies en el parque, solo en las películas. Y aunque me caen bien, siempre terminan jodiendo la vida de sus hijos, hasta las suyas. Quédate a mi hijo que yo ahora no puedo, dicen en algún momento de la película. Y abandonan al crío, entregándole más libertad con su abandono que toda la leche que cabe en una teta. Pero esos niños acaban mal (en las películas) y sus madres no regresan nunca a por ellos. Además, las utopías están llenas de normas. Y las normas acaban en dogma y el dogma en decepción.

No hay salida. La sociedad contemporánea recibe a las madres con democráticas alas desplegadas. Pero estamos en el peor de los casos, pues las normas sociales que afectan a nuestra maternidad se nos imponen a las mujeres «por naturaleza».

PERO QUIÉN LA TIENE MÁS GRANDE

H1 ha cumplido ya siete meses y yo tengo la certeza de que quiero continuar con mi *carrera profesional*. Lo estoy pensando mientras camino agarrada a un carrito de bebé y deseo, con todas mis fuerzas, no tener que volver al trabajo.

A medida que se acerca la hora de volver a la vida de antes, recibo un montón de preguntas al respecto. Se preocupan más quienes menos me conocen, sobre todo por el asunto de la conciliación, que resulta interesante hasta para quienes no me conocen en absoluto. Lo que la gente quiere saber, especialmente mujeres cercanas que no son necesariamente amigas, esos lazos débiles que atan suave y aprietan fuerte, es cuántas horas voy a pasar en el trabajo y cuántas al cuidado de mi hija. No sé por qué percibo un acuerdo generalizado sobre el hecho de que trabajar no es también una forma de cuidar de ella (si eres hombre, sí. Está bien que trabajes para que tu cría tenga una buena casa, comida, cierta seguridad material. Pero no será así para mí, precisamente porque soy su madre). Las madres del parque o de la guarde que pasan más horas cuidando a sus hijos que trabajando muestran especial interés por mi situación. Me hacen preguntas empáticas que recibo como amenazas. Sé lo que en realidad quieren decir: «Yo he tenido hijos para estar con ellos». O: «A mí mis hijos me importan más que mi trabajo». No sé si quieren hundirme o afirmarse, pero diría que consiguen las dos cosas.

—¿Cómo te las vas a apañar para conciliar?

Es Lorena, su voz suena dulce como el veneno. Es una de las *heavy users* del parque. Una tarde de invierno la vi sentarse en el Bugaboo de su hijo para que el asiento estuviera calentito en la vuelta a casa.

«No quiero ser una madre tan conciliadora como tú», quiero decir. Pero en su lugar respondo:

—Vamos a intentarlo.

Y uso la primera persona del plural para referirme a mí y a mi hija.

—¿Te vas a reducir la jornada? —sigue. Y no le interesa mi respuesta, lo que de verdad quiere es soltarme lo suyo—. Yo me reduje a la mitad y estoy encantada. Al final los tenemos para estar con ellos, y eso es lo único que importa.

Ya está. Lo ha soltado.

A mí no me preocupa la falta de tiempo para estar con mi hija, desde luego no lo que más. Compro en el mismo mercado que muchas mujeres que han dejado a sus hijos al otro lado del océano, por ejemplo, para poder alimentarlos, vestirlos o educarlos. A estas alturas, algunos lamentos me parecen moral y políticamente cuestionables. Lo que me trastorna es la clase de tiempo que se me meterá en el cuerpo cuando me incorpore. En mi trabajo, como en cualquiera, la productividad importa.

Básicamente, me ocupo de crear y coordinar equipos que produzcan lo máximo posible en el menor tiempo. Nada que ver con producir lo mejor posible en el tiempo que sea necesario. El tiempo del trabajo no es cualitativo. En cambio, el de la crianza sí lo es, debe serlo. Y ahí está el problema. Porque sé que en cuanto me siente en mi silla de cuero negro, encienda el ordenador y conecte el mail al smartphone, me habrán metido un reloj de pulsera por el culo. Antes incluso de que haya podido teclear mi contraseña.

—Lo importante no es la cantidad, lo importante es la calidad del tiempo que pasamos con ellos —sigue Lorena, que es capaz de encadenar frases hechas una detrás de otra durante toda una tarde, quizás durante toda una vida. Y me posa una mano en el hombro.

«Ni se te ocurra tocarme», estoy a punto de decir. Pero respondo suave y resignada:

—Tienes razón, intentaré tener al menos tiempo de calidad. Están los fines de semana, los puentes, las vacaciones, mi jornada es relativamente flexible…

Ella me mira cuestionando cada palabra y sé lo que piensa: «Esto va de meter horas, todos los días. Las madres fichamos. Y el compromiso con la empresa se valora, hay que irse el último de la oficina, aunque estés calentando la silla. Nuestro trabajo de madres es como otro cualquiera: debemos perseguir el éxito, no la gloria. Además, esta es la única empresa en que las mujeres tenemos la mayoría de las acciones. ¿No te sientes empoderada?».

El tiempo del trabajo remunerado es tóxico, nadie tiene ni idea de cómo compaginarlo con el largo aliento que requiere la crianza, porque nadie (ni siquiera Lorena) lo ha hecho nunca antes. No importa si eres freelance, empleada de hogar, actriz, ingeniera o CEO, porque eres la primera de los nuevos tiempos. Mis deportivas no encajan de ninguna manera en las huellas de MiMadre o de mi abuela. La suela de mis Converse sepulta la silueta de sus zapatos de salón, como la pisada amorfa y brutal de una bestia.

Entonces ¿no vas a cogerte excedencia? ¿No vas a reducirte ni siquiera una hora? Pero ¿cuánto la vas a ver? ¿A qué hora llegarás a casa? ¿Vas a seguir dando el pecho?

A pesar de despertar tanto interés, nadie me preguntará nunca por mi sueldo, tampoco por mi trabajo o vocación. Pero lo peor de todo es que, en la compañía Maternity SL, todo brilla con el barniz de la vocación y el deseo. Las mujeres nos proponemos conciliar el trabajo ideal con una vida doméstica perfecta. Personalmente, si he de morir ahogada, solo pido que la soga no sea la de mis propias expectativas.

—Vuelve al trabajo cuanto antes y paga la ayuda que necesites —dice MiMadre, que ha trabajado toda su vida como ama de casa.

—Pero es que no sé si voy a poder seguir con el pecho. Y los dos primeros años son los más importantes. Es cuando se configura la personalidad del niño.

—¿Solo dos años? Qué suerte, eso es que estás a punto de terminar —bromea.

—No te rías de mí.

—Atiende a tu hija y conserva tu trabajo. Eso es lo que debes hacer.

—Solo quiero hacer lo mejor para ella, mamá. Y sabes que también me gustaría escribir. Es lo único que he querido siempre, ¿te acuerdas? Creo que no ha existido ninguna escritora en la historia que se dedicara a la publicidad.

—¿Sabes una cosa? —pregunta MiMadre con ternura—, hagas lo que hagas, vas a terminar preguntándote qué fue lo que hiciste mal.

—¿Tú te lo preguntas? ¿Habrías preferido hacer otras cosas?

—Tengo sesenta y ocho años. No te imaginas cuántas cosas habría preferido. Repaso y repaso, como si pudiera borrar esto o aquello.

—¿Tan mal sientes que te he salido?

—Al contrario, eres perfecta para mí. Pero una madre siempre encuentra la manera de decepcionarse a sí misma.

—Tú lo hiciste todo bien —digo.

Y las dos nos miramos en medio de un silencio nebuloso.

—Yo lo que quiero es que algún día cuando pienses en qué te equivocaste con ella, te acuerdes de mí. Y me entiendas. Y estemos juntas en eso.

—¿Puedes dejar de pensar en ti? Te estoy pidiendo ayuda para no equivocarme ahora.

—Ya te he dicho lo que no quieres oír. Te prometo que dar el pecho un mes más o dos menos no es una de las cosas sobre las que vas a pensar cuando ella crezca.

Seis meses después de incorporarme al trabajo, H1 ya no mama y yo soy lo que se dice una auténtica *madre trabajadora*. Tengo un nuevo estatus social que es admirado y compadecido a partes iguales en según qué foros. Curiosamente, la de «padre trabajador» es una etiqueta que no existe, igual que no existe un sentimiento que atraviese a los hombres que trabajan y crían. El mío, el sentir de *la madre trabajadora*, es un sentimiento tan real e inequívoco como un muro de piedra. Mejor aún, como un laberinto hecho de muros de piedra. Siento, por ejemplo, una peligrosa incapacidad para distinguir lo urgente de lo importante en lo que respecta a casi todo. Muro. Habito un desorden mental ingobernable que, en el peor de los casos, trato de despejar recogiendo la habitación o la cocina, que también están desordenadas. Muro. Dudo de casi todo salvo por la certeza de vivir al borde de una gran equivocación. Muro. El camino de baldosas amarillas por el que un día paseé mis brillantes zapatos rojos se ha llenado de piedrecitas y fatigas innecesarias. Y, sin embargo, aunque quizás sea el más circular de los caminos posibles, creo que es también el que me llevará más lejos. Pero tampoco lo sé seguro, porque también eso lo dudo. Muro. Y para ganar seguridad hago listas, que no sirven absolutamente para nada salvo para hacerme creer que estoy haciendo todo lo posible. Muro. He llegado a añadir tareas finalizadas al final de la libreta solo por el placer inexplicable de tachar de la *check list*. Comprar pan de centeno, zapatos, entradas de teatro, tender el babi, cuento de la rana. Bien hecho, todo controlado.

Tachar, tachar, tachar. Dudar, dudar, dudar. Muro, muro, muro.

EL MAR O UNA PARED PINTADA DE AZUL

Estoy en medio del atasco, con una hija de dieciocho meses en casa y otra en camino en la barriga, bajo el cinturón de seguridad especial embarazada que me acolchará la panza hasta el noveno mes camino del trabajo, enlatada en un SUV con asientos de cuero y una sillita de bebé anclada con sistema Isofix en el asiento trasero.

Hay cientos de coches en la carretera habitados por un solo conductor que gastan su tiempo a mi lado. Somos muchos los atascados, los que intentamos conservar un empleo, los que debemos dinero, los que no hacemos el amor tanto como quisiéramos, los que deseamos que llueva o llegar descalzos al próximo verano. Nunca he visto bajarse a nadie de su coche. Los vehículos solo se detienen en caso de accidente grave. Muchos se dirigen a donde no quieren ir, pero solo la muerte o el azar decide quién se apea del viaje. Así que aquí estamos, tejiendo con hilos dorados los días de nuestra vida.

Desde que soy madre ir al trabajo se ha convertido solo en una forma obligada de irme de casa, de no estar donde debería. Es como si hubiera decidido meterme en una jaula, para tener la libertad de salir y entrar cuando yo diga. Porque siempre hay una jaula. Y quizás el trabajo remunerado sea la manera de tener, de vez en cuando, las llaves de la mía.

Sin embargo, algunas veces, la realidad se desdobla como una pegatina que se despega de su adhesivo y entonces, cuando mi coche se detiene en el atasco, puedo ver cómo una parte de mí gira la llave y apaga el motor. Y eso es precisamente lo que está pasando ahora, cuando me veo bajar tranquilamente del vehículo y sentarme en el asfalto. Ni siquiera he encendido las luces de emergencia. Los otros conductores se enfadan, esperan a que saque un triángulo fluorescente del maletero y señalice mi problema. Pero lo cierto es que no encuentro ninguna nube en el horizonte, todo está en calma aquí dentro. Porque, ahora mismo, me da igual mirar el mar o una pared pintada de azul, solo necesito quedarme quieta y esperar, masticar el tiempo. No sé qué espero ni por qué lo hago, pero antes de que encuentre algún motivo, el coche de enfrente avanza algunos metros y yo continúo en el sentido de la marcha.

Creo que no es culpa mía. Estoy segura de que no me faltan amor ni determinación, pero no sé hacerlo mejor. Tampoco encuentro a nadie que lo haga definitivamente mejor, un camino claro que seguir. A lo mejor es que los humanos solo sabemos vivir así, pegados al reloj y al deseo. A lo mejor por eso vuelvo cada mañana al trabajo. Con miedo, con resaca, con pereza, con el sexo aún en los labios, con la pena atragantada. Da igual si eres obrero, artista o médico, siempre hay un autómata dentro de ti que corre allí donde cree que la Muerte no lo espera, como en el cuento oriental. Me encanta esa historia.

En cierta ocasión, un persa rico y poderoso paseaba por el jardín con uno de sus criados. Dicho criado estaba compungido, ya que acababa de encontrarse con la Muerte, quien le había amenazado, y suplicó a su amo que le diera el caballo más veloz y así poder huir y llegar a Teherán aquella misma tarde. El amo accedió y el sirviente se alejó al galope.

Al regresar a su casa el amo también se encontró con la Muerte y le preguntó:

—¿Por qué has asustado y aterrorizado a mi criado?

—Yo no le he amenazado. Solo mostré mi sorpresa al verle aquí, pues según mis planes esperaba encontrarle esta noche en Teherán —contestó la Muerte.

Siempre ha habido Muerte pero hubo un tiempo, hace muchos, muchos años, en que no había relojes. Incluso hubo una vez en que no existió el dinero. Pero hace ya demasiado que el mundo cambió para siempre y no existe hoy ser humano capaz de saltarse su reloj, en ninguna parte del mundo. En la plaza medieval de una aldea ecologista repoblada, hay un reloj. Uno igual que el Big Ben, con los mismos números que el de la torre Spasskaya y un segundero como el de Makkah Royal. Están por todas partes, desde el kilómetro cero de la Puerta del Sol hasta el dorado mecanismo que se yergue sobre la Quinta Avenida de Nueva York, pasando por Hong Kong o la plaza San Marcos.

Muerte y dinero, eso es lo que miden todos los relojes.

Todos miden un tiempo inventado para meternos la preocupación en el cuerpo. El dinero hizo predecible esa preocupación. Y el trabajo remunerado se ocupa de medirla. Visto así, la ecuación es lógica: a mayor preocupación, mayor salario. Después todos huiremos en el atasco, aterrorizados como el criado que huyó a Teherán. La maternidad es otra incógnita en la misma ecuación. La madre que más se preocupe será la que más amor reciba.

Me pregunto cuál de las trampas es peor y lo único que puedo hacer es gritar que soy mucho más que un saco de tiempo mientras sigo el culo plateado del coche de delante. Podría decir, por ejemplo, que soy amor para mis hijas, que soy el alimento de un alma humana. Pero no lo digo, porque un pequeño detalle lo estropearía todo. El amor debe palpitar como un corazón, no como un segundero.

Pero tiene que haber otra manera, de eso estoy segura. Una realidad paralela justo delante de mis narices, tan real como las hadas que viven en el bosque. Lo que pasa es que llevo un velo finísimo sobre los ojos que no me deja ver lo evidente. Aunque no voy a dejar de buscar solo por eso.

Durante los últimos meses, he hecho algunas colaboraciones con un *coworking* de creadores, todos autónomos, muchos artistas y artesanos, varios escritores. Por supuesto nada serio, las facturas son demasiado puntuales como para pensar en un cambio de vida real, pero me he dejado caer alguna vez por sus inmensas y desvencijadas instalaciones, por si acaso.

En la puerta de entrada hay dos enormes percheros llenos de pijamas. Los acompañan dos grandes carteles explicativos: «Ya no trabajo sola» y «Ya no trabajo solo», aunque casi todas las prendas son unisex. A diferencia de la empresa donde trabajo (que nunca se ha interesado por mi ropa de dormir o cualquier otro asunto personal), esta cooperativa de autónomos intenta crear una sociedad laboral más solidaria y menos agresiva. En concreto son ochenta y cinco personas las que trabajan bajo el mismo techo y comparten básicamente los gastos fijos (espacio, luz, wifi, cocina, impresoras, teléfono…), aunque el objetivo final es compartir experiencias que nos aporten valor (me da que de mercado) unos a otros.

Dos viernes al mes organizan sus *speed meetings*, que consisten en conocer personalmente a todo el que trabaja en el mismo espacio de *coworking*. O a cualquiera que consideren que merezca ser presentado. Yo soy invitada a uno de ellos, sospecho que porque se me supone algún valor mercantil. Después de todo, mis conocidos de por aquí saben que trabajo en la agencia y eso significa mercado. Me gusta inspeccionar otras maneras de organizar la vida porque estoy segura de que existe una forma mejor de hacer las cosas en algún sitio, ahí fuera. Una mirada superficial me basta para saber que estos *coworkers* no tendrán soluciones para mí, pero me consuela que lo estén intentando.

El problema de la sociología del trabajo es que, cuando le añades la variable de la maternidad, cualquier gráfica salta por los aires. Un empleado corriente debe intentar no dejarse alienar por el trabajo, pero una madre trabajadora ya está alienada por su hijo.

La madre trabajadora es el mejor empleado posible, porque es la que va a aceptarlo todo. Tengo claro que, si fuera empresaria, intentaría contratar el mayor número posible de «madres trabajadoras». Somos las empleadas perfectas, las que más tenemos que perder.

Una madre tiene que elegir. O piensa o trabaja. Y si no trabaja, no alimenta. Las grietas que abren las facturas solo se suturan con dinero y las buenas madres sabemos que los ingresos empiezan por la letra T de trabajo. Y trabajo quiere decir entregar nuestro tiempo a quien no le pertenece a cambio de un dinero que necesitamos para hacer posible todo lo demás. ¿Tendría más tiempo si me hiciera autónoma? ¿Podría vivir mejor con menos dinero? Más ecuaciones sobre las mismas variables.

En el *speed meeting* se forman dos grandes filas, una enfrente de la otra. A mí me toca formar parte de la que no se va a mover, así que solo tengo que sentarme. Y será la silla que tengo delante la que se turnen las personas de la otra fila: cada una pasará siete minutos frente a mí. Así hasta consumar diez encuentros profesionales que me ocupan poco más de una hora en total.

Tengo delante a un hombre de treinta y pocos. H1 está conmigo, metida en mi canguro. Finalmente no uso aquel trapo arcaico que nunca aprendí a ponerme sino una mochila ergonómica de la marca ecológica Manduca.

—He sido padre hace seis meses —dice mirando a H1, o la marca de la mochila, no estoy segura—. Es una auténtica locura, pero es posible conciliar. Nosotros estamos repartiéndonos la crianza al cincuenta por ciento y eso permite que los dos podamos continuar con nuestro trabajo como autónomos.

–¿Y cómo podéis decidir sobre cualquier asunto si ninguno tiene mayoría? –pregunto.

–¿Perdona? ¿Qué quieres decir? –responde levantando las cejas.

–Digo que también podría ser cuarenta frente a sesenta o cincuenta y uno frente a cuarenta y nueve. Porque llevar la igualdad al extremo podría dificultar la toma de decisiones sobre asuntos importantes relativos al bebé. Viviréis en un perpetuo empate técnico en caso de discrepancia.

El treintañero se ríe. Lleva una camiseta negra del grupo de música Motörhead.

Fin de nuestros siete minutos. Creo que H1 está hambrienta. Debería darle de mamar mientras hablo con el siguiente. Me pregunto si el padre-madre al cincuenta por ciento con el que acabo de charlar usará pezoneras.

Hace poco fuimos nosotras las que invadimos el mundo de los hombres y, *naturalmente*, ahora ellos exigen criar al cincuenta por ciento.

He aceptado pasar menos tiempo con mi hija por habitar también un espacio en el mercado laboral. Me parece bien que otra mujer la lleve al parque mientras yo gano dinero para pagar, entre otras cosas, a la mujer que la lleva al parque. Me parece bien hasta que su padre la lleve al parque mientras yo trabajo para que disfruten de ese tiempo. Me gusta tener mi propio dinero, ya lo he dicho. Pero no creo en la crianza al cincuenta por ciento como concepto general. O espero al menos que no seamos tan tontas de conceder a los tíos el cincuenta por ciento del poder doméstico sin antes haber conquistado el cincuenta por ciento del poder económico y político (suponiendo que sean poderes distintos hoy en día). Sería típico de nosotras.

Por supuesto están los casos particulares donde todo es posible (hay padres que crían al cincuenta y al cien por cien…). Si hablamos de casos particulares los universos se multiplican, pero cuando hablamos «en general» debemos respetar la media estadística y no su dispersión. Todavía las madres, en general, tenemos menos poder económico y político que los hombres y mucho más peso en la esfera doméstica.

Por eso no me gusta que un hombre me hable «de madre a madre» solo porque lleva una mochila portabebés. Típico de los tíos. Consiguen cambiar su realidad y concluyen que han cambiado el mundo.

Pobre chico. Parecía bueno. Quizás me ponga hoy algo de Motörhead.

EL TIEMPO DE HACER LAS COSAS PASÓ

H1 está metiendo juguetes en una caja. Después la vaciará con alegría. Y a continuación volverá a guardarlos. Mientras lo hace, sé que debo prestar atención. Si no estoy atenta, podría caerse, meter los dedos en un enchufe, atragantarse, descalabrarse. Hace solo unos meses me debatía entre criar o pensar, a veces sentía que mi hija me robaba espacio. Desde que aprendió a caminar esta elección ya no existe: he dejado literalmente de pensar. No se trata de tener un cuarto propio dentro o fuera de la familia porque es dentro de mí donde no hay espacio suficiente para todos.

La conciencia del mundo se ha expandido de una forma tan abrumadora que estoy mucho más cerca de todas las almas de la tierra. Y mucho más lejos de la mía.

Me pregunto cuándo será la primera vez que no quiera emplear mi tiempo en ella. Que entre la vida y la hija elija la vida, la otra, la que fue solo mía y de nadie más. Sospecho que la demanda de atención no cesará ni un segundo hasta que el amor cierre la primera puerta. Y sé que aún falta mucho para eso, porque H2 viene en camino.

Baño, seco, beso, juego, echo los seis cacitos de cereales en el recipiente y lo mezclo con los siete cacitos de leche, añado 240 mililitros de agua y lo bato una noche, una mañana, la misma mano y el mismo envase: el biberón libre de Bisfenol A, la peligrosa sustancia cancerígena contenida en el plástico de algunas marcas de biberones y que las madres bien informadas, las mejores, evitamos eficazmente. Después, coloco la sartén en el fuego más interior, para evitar vuelcos, vierto el aceite (una noche, dos noches, trescientas sesenta noches) y frío, rebozo, salteo… Mientras paso una copa de vino a Hombre y hago la compra por internet desde el portátil que reposa en la encimera.

¿Hasta cuándo estaremos las mujeres abriendo camino? Por el sendero estrecho que recorro celebro las zarzas que otras eliminaron para mí, pero sigue siendo un camino plagado de maleza. Me pregunto quién demonios descansa en el último castillo y solo espero que no sea una mujer dormida a la que un hombre decida besar sin pedirle permiso con la excusa de despertarla. Tampoco quiero besarla yo. Donde sea que vayamos, espero encontrarme con una mujer por fin despierta. O yo misma la mataré con mis manos.

En todo caso, no es algo que me importe mucho en este momento, porque cada vez me siento más cómoda en mi papel de madre. He criado a una niña de dos años y estoy a punto de darle una hermana. Por primera vez en mi vida soy lo que quiero ser, por primera vez mi amor y mi deber coinciden como un calco perfecto. Ha sido un camino largo, pero está claro que esto que tengo ahora es lo que podríamos llamar *una vida de verdad*.

Es una sensación que ha ido creciendo dentro de mí como una mancha. Cuando me quedé embarazada de H1 tuve nueve meses para asimilar lo que me estaba pasando: pasé de ser una pobre mortal a convertirme en un ser divino. Hasta llegar a ser Gea, la mismísima Madre Tierra. Fue entonces cuando empecé a sentir pena por todos los hombres, incapaces de dar a luz. Algo de mí los compadecerá siempre, mortales accesorios para mí que soy la madre y el único ser necesario.

El milagro de crear una vida dentro del propio cuerpo ha sido tan manoseado por los lugares comunes que apenas se ha tratado política o socialmente. Pero, en el fondo, todos conocemos el poder sin parangón que implica. Me acuerdo ahora del pobre Zeus, pataleando de rabia como un niño chico ante su incapacidad de varón. Ni siquiera los dioses podían cruzar esa línea, reservada en exclusiva al cuerpo mágico de las mujeres. Tal fue la desesperación del joven dios que se comió a Metis embarazada para que la hija de ambos, Atenea, pudiera nacer de su cuerpo, concretamente de su viril cabeza. Pero Zeus era un dios y sus caprichos no eran aptos para los hombres mortales, quizás por eso ellos han peleado todo este tiempo por lo que es terrenal y pasajero en este mundo, como el dinero y el poder, pensiones compensatorias para los que han sido condenados a una vida sin transcendencia, para quienes no cosen la vida con la muerte. Porque ese hilo invisible ha sido, durante millones de años, nuestro monopolio.

Más de una vez desde que soy madre he llegado a pensar que las mujeres hemos aceptado de buen grado nuestra inferioridad social a través de un mecanismo de elevación. Mientras mi cuerpo creaba un corazón y un páncreas y dos pulmones y un cerebro y una nariz y dos ojos preciosos, mi alma se convenció de que todo el que no fuera capaz de ser madre sería, en realidad, el verdadero ser inferior. Y a partir de ese día, sentí íntimamente que no había nada que demostrar, que cualquier conquista social está muy por debajo del barniz de eternidad con que las mujeres concedemos brillo a la existencia. Esa magia es de origen femenino. Y es, quizás, lo único por lo que vale la pena vivir. En realidad, después de ser madre me costó mantener mis principios feministas. En el fondo, algo en mí creyó por primera vez en la superioridad de uno de los dos sexos.

Sin embargo, las cosas están cambiando deprisa. El sueño de Zeus está cada vez más cerca de los hombres, porque el cuerpo de la madre es hoy más prescindible que nunca antes para engendrar al hijo. Hoy podemos colocarnos el óvulo de otra para tener un hijo nuestro. Pero también podemos colocarnos el óvulo de otra para tener un hijo suyo… Incluso podemos colocarnos el óvulo de otra con el esperma de otro para parir un hijo que no tendrá madre, aunque sí dos padres maravillosos. Hoy las mujeres podemos ser madres o podemos ser la cabeza de Zeus (y por este servicio pueden pagarnos un poco, mucho o nada). Y podemos ser cabeza de Zeus libremente o bajo coacción o explotación pero, de una u otra manera, el derecho a la filiación ya no es lo que era. Ha cambiado para siempre. La madre puede renunciar por contrato previo a ser madre del hijo que en el futuro dará a luz y el hijo ya no tiene derecho a ser hijo de la madre que lo parió, o no en todos los casos.

Es normal que sea justo ahora cuando se ha producido un movimiento de liberación de las mujeres decidido y global sin parangón. Con precedentes sí, pero incomparable, porque por primera vez nos lo han quitado todo, hasta lo que era solo nuestro. Por eso esta vez exigimos, como mínimo, la igualdad.

Por lo demás, es un hecho que cuando la vida se somete a la eficacia científica, la ciencia le pone un precio y la procreación es otra forma de poder. Vale, Margaret Atwood lo vio primero. Podríamos hablar del genocidio de lo femenino y podríamos no estar equivocados. Pero en el final de mi primer embarazo, con una panza tensa y perfecta como la cola de una sirena, a mí no me importaba nada más que mi ombligo abultado.

Después, cuando nació H1, en medio del cansancio, la confusión y la vida tuve una cosa clara todo el tiempo: quería volver a ser madre. Y cuando mi primera hija cumplió veinte meses ya estaba embarazada de H2. Estábamos tan seguros de que no podríamos ser padres sin otra in vitro que me inseminé los dos embriones congelados que nos quedaban. Teníamos que descartarlos antes de empezar un nuevo ciclo de estimulación ovárica, eso dijo la doctora. En mi caso, tener otro hijo iba a suponer otra pesadilla de tiempo y dinero.

La calidad genética de nuestros embriones congelados era tan baja que apenas tenía sentido inseminarlos, pero la ley impide destruir material genético congelado, independientemente de su calidad (cuando está en el útero sí puede eliminarse). El caso es que pagamos mil euros por introducirme algo así como «residuos embrionarios».

H2 se agarró furiosamente a la vida y los científicos lo entendieron como una desviación estadística. Pero no lo fue. Lo que pasa es que los científicos a veces olvidan lo fundamental. Que la vida no se gesta en las medias aritméticas sino en su dispersión. Y que cada individuo es un caso único e irrepetible, lo contrario a cualquier modelo.

Y así es como llegamos hasta este momento. A este cuerpo que es uno con H1 y espera con alegría la llegada de H2. Por lo demás, creo que es importante resaltar que se ha producido un cambio que quizás destruya mi relato. Porque ya no soy la Diosa Madre que creía. Ahora soy la Madre Vehículo: la que transporta a las nuevas diosas, la mujer necesaria, nunca más la mujer divina. Esa es la diferencia entre engendrar y criar.

Con todo, estoy segura de que soy algo distinto de lo que fui primero, antes de entregar mi amor y mi tiempo a otros seres, antes de traerlos a este mundo. Y sé que no soy por ello una persona mejor. Es solo que ya no formo parte de algo más grande que yo, sino que soy ese algo más grande. Una gota en el océano puede ser gota y puede ser océano. Y por las ventanas entra luz y calor y veo flotar motas de polvo en el aire, unas motas que no veía desde niña. La felicidad es un estado de la inocencia.

Lo único que perturba mi alegre estado de buena esperanza es la voz de todas esas mujeres cuchicheando en mi cocina. ¿Qué demonios hacen aquí? Últimamente vienen cada noche. Y la culpa, claro está, es de los dichosos libros.

Porque ellas no tendrían nada que decir si yo no las hubiera leído.

—De aquí a quince años, tú, chica, estarás como yo, te habrás equivocado en todo. —Al habla Grace Paley con su pelo alborotado y esa sonrisa suya de yo sí sé de qué me río.

—Sal inmediatamente de mi casa —respondo.

—Tal vez el sentido de la vida para una mujer consiste únicamente en ser descubierta así, mirada de manera que ella misma se sienta radiante de luz —explica Carmen Laforet.

—Así es exactamente como me siento ahora, querida Carmen —digo—. Así que no vamos a continuar esta conversación. Sé exactamente dónde quieres ir a parar.

—Lo que una escritora necesita es un lápiz y un pedazo de papel. —Es el dedo de Ursula K. Le Guin, ahora sí, en mi llaga.

—Ahora mismo paso de escribir —aseguro.

—Una acaba por no comparar más su vida con la que habría querido sino con la de las demás mujeres. Jamás con la de los hombres —sentencia Annie Ernaux.

—Desaparece —escupo en sus ojos.

Ja. Ja. Ja. Ellas se ríen al salir. Y yo me oigo suplicar: «Dejadme en paz».

Pero siguen entrando voces por la puerta. O puede que entren por mi cabeza, cualquiera sabe. «Me faltó amor propio», oigo ahora. Es la voz de mi madre. ¿Se puede saber qué hace ella aquí? «Si lo llego a saber…» Sigue mi abuela. «A mí me tocó criar a los hijos de otra mujer», responde mi bisabuela. Queridas mujeres de mi familia, no os voy a escuchar, vuestra historia no será jamás la mía.

Sé lo que venís a contarme, pero estáis perdiendo el tiempo. ¿Es que no veis la forma en que Hombre me está mirando justo ahora? La mía es una verdadera historia de amor.

Hombre me observa desde el bosque, desde la ventana, desde el asiento del copiloto, desde la almohada, desde el borde de la playa, desde la terraza. Soy la madre de sus hijos. ¿Tanto os cuesta entender que no quiera ser nada más? Que ningún amor es tan perfecto como el nuestro, que solo nosotros hemos sido capaces de dar vida a H1, que contra todo pronóstico hemos abierto el camino a la vida de H2.

Me gustaría que todas vosotras comprendieseis de una vez que tengo todo lo que una mujer puede desear. Y que os prohíbo apostillar esta frase.

Ahora, salid.

BRUJA DE TERCIOPELO

H1 se ha vestido de Cenicienta. Lleva un vestido de tul azul con purpurina dorada. Se ha calzado unos diminutos zapatos de tacón color plata que alguien ha debido de regalarnos. Es capaz de atarse las delgadas hebillas y levantarse sobre los «tacos», que es como llama a sus brillantes tacones. Hemos puesto en Spotify la canción de la película clásica: «Eres tú el príncipe azul». Y mi hija da vueltas por el pasillo con los brazos abiertos y una docena de mariposas doradas cosidas al vestido que aletean en su pecho. El baile real es en el salón y allí estoy yo esperando, que soy el príncipe. La veo llegar desde su dormitorio mientras la miro cautivada por la belleza de su inocencia. Ella hace una breve reverencia después de mirarme a los ojos y se sonroja levemente. Bailamos hasta que nos enamoramos durante tres o cuatro minutos, pero entonces suena la alarma de mi iPhone 6, con tono de campanario. TAN-TAN-TAN-TAN-TAN-TAN-TAN-TAN. H1 me mira derretida de amor y se despide con un batir de pestañas. Corre por el pasillo y acierta a descalzarse un zapato que quedará a mitad de camino entre el baile y la mansión donde vive con su madrastra. Antes de que consiga alcanzarla es capaz de llegar a su litera, que es la habitación donde vive con su madrastra y sus dos hermanastras malvadas. Allí será mi sirvienta y le hablaré con la voz más cruel que pueda imaginar.

Rápidamente, me quito el pijama y me pongo el vestido de terciopelo negro que alguna vez arrastró su cola por un suelo enmoquetado. Es un vestido cerrado hasta el cuello y con la espalda totalmente desnuda. Estoy embarazada de siete meses y he engordado dieciocho kilos que se han colocado en mi barriga y mis pechos casi en su totalidad. No llevo sujetador porque todo está en su sitio, tenso y a punto de estallar, no hay ahora nada que sujetar. Así que el terciopelo se posa sobre mi busto desnudo como un presentimiento. Llevo el pelo amarrado en un moño improvisado y estoy tan chapuceramente deslumbrante que cuando mi hija me ve agacha la cabeza y pregunta:

—¿Qué quiere mi mada-ras-tra?

—¡CENICIENTAAAAAAAAA! ¿Has visto qué desorden? —protesto con mi mejor voz de mujer malvada—. Tienes que limpiarlo todo. Barrer, fregar, cocinar y lavar toda la ropa del baile. Ha sido horrible. El príncipe se ha pasado toda la noche con una mocosa desconocida.

—Ahora, príncipe —exige mi hija.

Entonces doy media vuelta y, en mitad del pasillo, me quito el vestido y me pongo de nuevo el pijama. Recojo el zapato y llamo a la puerta de su habitación.

—¿Vive en esta casa alguna muchacha? —pregunto mostrando el zapato dorado sobre un cojín.

Saludo a las dos hermanastras, una enorme osa de peluche y una muñeca Nenuco, mientras compruebo que mi hija está escondida en la parte superior de la litera. A la osa le queda pequeño el zapato, imposible hacerlo entrar, y a la muñeca demasiado grande, inmenso en realidad. Definitivamente, ninguna de ellas es la chica de quien me enamoré la otra noche. Por fin aparece una tercera muchacha, bajando por las escaleras de caracol (o litera). Y ahora sí, es el turno de Cenicienta, a quien el calzado sienta como un guante. Nos besamos y corremos a celebrarlo al salón, donde damos vueltas y vueltas hasta desmayarnos en el sofá. Estoy exhausta.

—Otra vez, mamá. ¡Otra vez!

La miro agotada y sonrío. La última, me prometo. Y ella se va a su habitación para que todo vuelva a empezar.

—CENICIENTAAAAAAAAAA —grito de nuevo desde el salón.

—¿Sí, madrastra? —responde con obediencia feliz.

Hombre está leyendo en una esquina de la habitación y levanta de vez en cuando la cabeza para vernos ir y venir. Ahora él será el príncipe, se lo he avisado, porque es lo que la niña prefiere y porque yo quiero limitarme a mi papel de mala.

Mucho después, cuando H1 ya duerme, yacemos por fin en nuestra cama después de haber caído dormidos en el sofá y avanzado sonámbulos hasta el lecho, Hombre dispara:

—Quiero que te pongas ese vestido para mí.

—¿Qué hora es? —susurro dormida.

—Vas a ser mi madrastra ahora —dice Hombre—. Te espero en el salón.

Y yo, a pesar de que solo deseo dormir, obedezco. Porque sé que el sexo es lo único capaz de conjurar la muerte para una madre ocupada. No hablo de hacer el amor, para eso no hacen falta disfraces. Me refiero a romper las paredes del seno familiar para sentir que aún podemos ser lo que queramos. Estoy hablando de volver a tener sexo furioso y desconsolado, sexo para detener el tiempo, para huir, para deshacerme frívolamente en otro cuerpo y disfrutar de esa sensación de victoria mortal que es el orgasmo.

Pero en realidad estoy dormida, no sé muy bien si seré capaz de incorporarme. A menudo es difícil saltarse la frontera del amor para, sencillamente, follar. Criar puede llegar a confundir a una pareja, hasta convertir a dos amantes en meros parientes: dos en uno al servicio del hijo. Sin embargo, no se puede follar como es debido sin enfrentar dos realidades, dos oscuridades que, contra todo pronóstico, sumarán luz.

Pero, a estas alturas, con una hija en común y otra en camino, hay demasiada ternura entre nosotros, una excesiva complicidad doméstica.

Me refiero a que después de bañarla, secarle el pelo con todo el cuidado que exige su escasa resistencia a los tirones, alimentarla (después de separar las espinas del pescado pedazo a pedazo), lavarle los dientes, secarla bien después de hacer pis, leerle un cuento (y otro), arroparla y volver a su dormitorio (a encender la luz, a leer el último, a ponerle crema o a poner una manta sobre un peluche que tiene frío)… Después de hacer todo eso entre los dos, sin saber bien quién empezó una tarea y quién terminó otra y con un bebé a punto de salir de mi barriga, es complicado encontrar en Hombre a un hombre capaz de desearme con la pasión que tendría para una mujer ajena, porque Hombre me quiere desde dentro de mí y eso lo confunde todo. Incluso podría llegar a estropearlo todo. Pero no hoy. Porque esta noche ha reclamado que mi carne vuelva a llenar de silencio la suya.

Así que me levanto sin decir nada y cojo una escalera de la cocina para bajar del altillo la caja de los disfraces, donde he vuelto a colocar el traje de madrastra después del juego. Y me desnudo con el cuerpo tan frío como mis pies descalzos sobre el suelo y me pongo el vestido sin espalda de malvada. Luego camino hacia el salón con la cola de terciopelo arrastrando por el pasillo como el más sucio de los deseos.

Y allí está Hombre, desnudo y ajeno, varón desconocido sentado en un sofá que no parece el nuestro, príncipe estatua que perdió a su chica después de muchos bailes.

Hombre mete las manos espalda abajo para comprobar que no llevo bragas. Después me guía con palabras sueltas. Hoy solo dirá lo imprescindible.

Arrodíllate.

Levántate.

Date la vuelta.

Los balcones están abiertos de par en par cuando siento la boca de Hombre en mi espalda. Poso los codos sobre la mesa de centro para tener algo donde apoyarme cuando lo reciba. Y miro la noche, negra y sedienta al otro lado. Él me levanta el vestido y llega la caricia del tejido hasta que aparecen, detrás, sus manos, que se posan en mis hombros y que agarran. Hubo un tiempo en que el sexo con Hombre servía para fundirnos en uno, para consumar algo parecido a la unidad. Ahora que él es mi familia, lo que necesito de su sexo es que me devuelva los contornos, que me distinga de todo lo que hay en mí y no soy yo. Incluso de todo lo que hay en mí y es él.

No digo nada, no voy a mirarlo siquiera. Casi ni tocarlo esta noche, solo tengo que esperar y guardarle espacio. En esta posición, mi enorme barriga ha desaparecido de la vista de Hombre, que ahora acerca sus manos a mis pechos hinchados.

Siento cómo su mirada se clava en mi nuca y escucho en nuestro silencio que somos dos, que Hombre está pensando algo que ignoro. Y así, cuando siento en él la caricia de un extraño, abro las puertas de mi oscuridad y pido a Hombre que pase. Hombre tiene que aceptar que nunca lo sabrá todo de mí ni lo será todo para mí y, a pesar de eso, solo quiere aullar conmigo toda la negrura que amenaza con hacernos daño. Así que me agarra hasta que lo consigue, hasta que los dos somos lobos, hasta que el dolor y el goce son la misma cosa, por fin vivos, otra vez.

Cuando terminamos, no digo nada. Me levanto, dejo caer el vestido y me acerco al balcón para respirar todo lo nuevo. Después vuelvo a la cama. Y duermo, por fin.

Pienso en cómo pueden dos que han amado a sus hijos dejar de amarse entre sí, separarse, detestarse, llegar a odiarse. Cómo se sale de esta magia, cómo Hombre podría dejar de ser el mejor de los hombres después de haberse sentado a mi lado con H1 en los brazos, después de haberme atado a la espalda la terrible bata con que nos mandan a parir en el hospital, después de haberme mirado así, como si no hiciera falta nada más. No creo que nadie pueda quitarnos nuestra memoria salvo, quizás, nosotros mismos. Porque no sé quiénes seremos cuando ella llegue. Como tampoco sé cómo demonios se puede necesitar algo más que lo que se basta a sí mismo. Éramos la *pareja perfecta*, nosotros tres. Pero quisimos más, fui yo quien quiso más. Me da miedo querer más, siempre más.

Antes de que llegara H2 tuve miedo de ella, de lo que podría hacernos. Me costaba creer que tuviera amor para tanta gente. Pensaba que, en caso de faltarme algo para uno de los tres, sería Hombre quien saldría perdiendo: no hay leche para ti, no hay cama para ti, no hay casa para ti, no hay vida para ti. Y me daba mucha pena de todos nosotros enfrentándonos a algo así. Y de la pobre H2, a quien ni siquiera conocía. El fracaso es siempre una posibilidad, como diría un buen genetista. ¿Y si H2 nos amarga la vida? ¿A quién se le ocurre? No tengo nada claro que un hermano sea siempre para bien. Que le pregunten a Abel si le gustó tener a alguien con quien jugar.

H2 nos pondrá a todos en peligro, pensaba. Tenía miedo, sobre todo de mí, de qué es lo que haría cuando me faltara amor, que estaba claro que faltaría en cuanto ella llegara. Porque si bien es cierto que tenía todo el amor del mundo, el problema era que lo había repartido entre Hombre y H1. Así que era evidente que pronto faltaría algo para una de mis hijas, algo para él... Entonces aún no pensaba en algo para mí.

Algunas noches, las patadas de H2 retumbaban en mi carne como los golpes de tambor que avisan para la guerra. Justo como esta noche, embarazada de cinco meses, cuando estoy cenando con la escritora Rosa Montero. Llevo una camisola ancha sobre unos vaqueros pitillo.

—Estoy embarazada —digo ajustando la camisa a la incipiente panza.

—¡¿Otra vez?! —exclama.

Nadie más que ella dice: «Otra vez». La gente dice: «Enhorabuena», «Es fantástico», «¿De cuánto estás?». Pero Rosa, que es mi amiga, dice: «¡¿Otra vez?!».

—Sí —respondo.

Ella arruga el morro. Sé lo que está pensando.

—Muchas mujeres han escrito antes con hijos, con muchos más de dos. Pero es que tú tienes además ese dichoso trabajo encima y ahora esto, tan seguido —se queja.

Se queja por las dos. Nadie más hablará de mi escritura cuando hablemos de mis hijos. Nadie cree que pueda dar a luz algo mejor que un bebé. Rosa sí. Rosa es mi amiga desde hace mucho. La primera que leyó algo que hubiera escrito y la que, contra todo pronóstico, sigue insistiendo en que no deje de hacerlo. A pesar de todo lo demás, incluso de esta panza que solo para ella no es sagrada.

—Serán dos años más de entrega absoluta. Pero después voy a encontrar tiempo, ya lo verás.

A ella no puedo irle con el rollo de la conciencia expandida. Ella no es como las escritoras muertas de mi cocina. Ella está aquí.

—¿Ha sido a propósito? —pregunta. Y a continuación pide otra botella de vino blanco, creo que para digerirlo—. Porque puedes beber vino, ¿verdad? Al menos una copa, o un sorbo. ¡Esto hay que celebrarlo!

TE CONCEBÍ MORTAL

H2 nació con la boca arrugada y blanda, rosa como un presagio. Nunca había visto nada tan hermoso.

H2 escondía un interruptor en la garganta con el que apagaba el resto del mundo para que yo solo pudiera oír su hambre y su prisa. H2 fue magia desde el primer día. Quizás por eso no me sorprendió tanto que, arrugados entre las sábanas de la minicuna de plástico del hospital, me dejara dos saquitos bien cerrados. Uno con amor extra para H1 y otro para Hombre.

—Gracias —dije—. Creo que vamos a necesitarlos.

H2 llegó desde muy lejos, del país de «No Te Faltará de Nada». Y yo estaba decidida a la mudanza. Me los llevaría a todos allí a vivir, a salvo. Donde a ninguno le faltara de mí.

¿Cuántas veces más puede pasar? ¿Cuánto amor llevo dentro en realidad? ¿Cuánto más puedo parir? Me lo pregunto en mi cama de hospital, cuando H2 tiene apenas unas horas de vida y la contemplo sobre las sábanas blancas.

Nos han regalado un ramo de capullos de rosas pálidas y los he colocado a su lado, extendidos sobre la luz blanca del hospital. Juego a comparar el color de las flores con el de sus labios. La miro mientras abre sus manos por primera vez. La miro mientras todo sucede por primera vez. Y poco a poco, muy despacio, va cambiando el color de la luz que entra por la ventana. Esa luz que es una caricia de tiempo sobre las flores. Esa luz que es la primera luz de H2.

Estamos solas en la habitación cuando la doctora viene a darnos el alta para que nos vayamos a celebrarlo juntas a nuestra casa, pero no nos da el alta. No sé de qué está hablando esta doctora. Creo que dice que algo no funciona allá lejos, muy lejos de nosotras. Así que miro a H2 solo para comprobar que sigue siendo el bebé más bonito del mundo y que todo lo demás no puede ser. Pero la bata blanca no calla ni atiende, la bata sigue diciendo todo lo que ha venido a decir, como si no fuéramos nosotras dos las que estamos aquí.

—No tiene por qué ser grave. No creo que esté afectando el cerebro —dice.

Y miente. Porque si la palabra «cerebro» aparece en la frase es porque es grave.

—Pero ¿qué le pasa? —pregunto.

H2 está en su cuna, ajena a la palabra «cerebro» y a la palabra «grave», dormida.

—Creemos que padece craneosinostosis —explica.

Aunque no aclara nada para mí.

—No sé lo que quiere decir craneosinostosis, doctora.

—Significa que algunos de los huesos del cráneo se le han cerrado antes de tiempo.

—¿Antes de tiempo en mi barriga, quiere decir? ¿Ella se ha formado mal en mi barriga?

—Significa que su cráneo se ha cerrado antes de tiempo. Los huesos craneales no deben estar suturados al nacer porque cuando eso sucede el bebé tendrá una cabeza con forma anormal que podría limitar el crecimiento del cerebro.

—Pero ella tiene una cabeza completamente normal —digo.

—En apariencia sí. Pero si confirmamos que las suturas craneales están hechas, entonces esos huesecillos cerrados podrían convertirse en una jaula para su cerebro, que aún debe crecer. Y para su cabeza. Por eso es importante actuar pronto para corregirlo.

—¿Y cómo vamos a corregirlo?

—De momento hay que esperar hasta que tenga dos o tres meses y veamos cómo evoluciona. No podemos estar cien por cien seguros de que lo tenga y mucho menos de que el cerebro esté afectado.

Y ya están aquí, otra vez, los porcentajes.

—¿Eso quiere decir que puede que no le pase nada?

—El neurocirujano pasará a veros esta mañana para explicarte los próximos pasos. Ahora deberías descansar —resuelve la doctora.

La doctora se va y H2 se despierta. Empieza a berrear. Creo que no quiere escuchar a su madre llorar sola. Ella gime cada vez más alto, yo también. Es un momento de soledad absoluta. Nadie más sabe lo que está pasando. Cuando todo está bien, puede ser que nada esté bien.

—Bienvenida, H2, la vida te saluda en todo su esplendor —digo.

Hombre y MiMadre están abajo, en la cafetería, listos para recogerme y llevarme a casa junto a todas las flores que quepan en el maletero, con la canastilla y los peluches que hemos comprado para ellas, un hipopótamo azul para H2 y un oso polar blanco para H1. Con toda la suavidad que guardan las toquillas de un bebé. Pero nada de eso va a pasar ya.

H2 se ha hecho caca. Las primeras heces de un recién nacido son negras y viscosas como el petróleo. Y tienen un nombre especial, meconio. Los médicos se ponen contentos cuando todo el meconio está fuera y los intestinos comienzan a funcionar normalmente con el alimento extrauterino porque eso quiere decir que todo va bien. Esto ya lo aprendí con H1. Esta vez, con el pañal empapado de toda esa porquería, compuesta por células muertas y secreciones del estómago y del hígado, entiendo que no hay marcha atrás. Creí haber traído un ángel a este mundo, pero no es así. Y sobre la suciedad del pañal lo asimilo. Y confieso a H2 un secreto que en toda su vida le he dicho aún a H1.

—H2, hija mía, te concebí mortal —digo.

No pensaba decírselo durante años, al menos cinco o seis. Pero H2, con solo unas horas de vida, ya es una mujer.

Es difícil explicar lo que pasó después. Pero bajo mis zapatillas blancas de madre recién parida, un enorme agujero partió en dos el higiénico suelo de baldosas. Creo que entonces me dormí en seco. Como cuando alguien se queda inconsciente después de un golpe en la cabeza. Me dormí de dolor. Abandoné a H2. Me rendí. Y desperté mucho más tarde o mucho más lejos, en la cálida cama del hospital, con un cojín a cada lado. Y allí mismo estaba H2, intacta en su cuna transparente.

El neurocijano que debía visitarme es en realidad una mujer muy joven.

—La niña es muy pequeña para diagnosticar craneosinostosis. Es algo que no podremos saber con seguridad hasta dentro de un tiempo —explica poco después de abrir la puerta.

Pelirroja, alta, dulce y pecosa, con pinta aún de niña traviesa. Ahora no, claro, ahora está seria y escueta como una certeza profesional, como un despido.

—¿Y cuándo podrán asegurarlo?

—Dentro de cuatro o seis semanas. Pero quiero que le hagan una eco antes de que os vayáis a casa.

—¿Una ecografía de su cerebro?

—Sí. Para descartar cualquier otra anomalía.

—¿Cualquier otra anomalía? Pero aún no estábamos seguras al cien por cien de la primera.

—Y no lo estamos. Pero en estos casos es mejor prevenir.

—¿Cuál es exactamente nuestro caso?

—La craneosinostosis es un problema que solo tiene arreglo si se detecta en las primeras semanas de vida. Si se confirma que su hija la padece, algo que aún no sabemos, lo más probable es que tengamos que operarla. En estos casos, el diagnóstico precoz es clave para una buena evolución. Por eso, ante cualquier sospecha, hacemos un seguimiento muy estricto.

—Pero ¿es un problema de huesos o cree que podría pasarle algo a su cerebro?

—Creo que nos quedaremos todos más tranquilos después de una eco.

—¿Y en qué consistiría la operación?

—Es relativamente sencilla. Ahora se practica por laparoscopia, lo cual reduce los riesgos de hemorragia y facilita la recuperación. Tenemos que entrar en el cráneo del bebé y abrir los huesos que se han suturado antes de tiempo. El único riesgo actualmente es la pérdida de sangre durante la operación. Pero, normalmente, tras dos o tres días en la UCI, salen adelante.

—¿Cree usted que mi hija tiene craneosinostosis? ¿Es un caso claro o puede ser que no le pase nada?

Miro a H2 y poso las palabras «riesgo» y «hemorragia» sobre su almohada. No puede ser.

—Le repito, señora, que no lo sabemos. Pero si palpa su cabecita se observa claramente al tacto que los huesecillos están plenamente sellados cuando no debieran. Fíjese. —Ahora coge mi mano y la coloca sobre la cabecita de H2 para que yo misma palpe sus huesecillos—. Evidentemente, el tacto no es una prueba diagnóstica, es solo que creemos que lo tiene, aunque no quiere decir que efectivamente sea así.

Dejo que salga y me vuelvo a dormir, puede que antes de que se cierre la puerta. Despierto mucho después o quizás solo un poco después. Hombre y MiMadre siguen en la cafetería, así que este invierno ha durado quizás un par de horas. Mientras tanto, ellos han seguido pensando que todo va bien, que estamos a punto de recoger para marcharnos. Y estarán comiendo con apetito uno de esos sándwiches con mantequilla seca que sirven en las cafeterías de hospital. Y una cerveza, qué demonios. Puede que hasta un vino blanco. Puede que incluso hayan brindado para celebrarlo.

Yo no he hecho nada para evitarlo, claro, porque la cosa tenía que ser exactamente así. Pero está claro que ya no puede ser así. Tengo que llamar a Hombre. Le pido que suba solo, que le diga a MiMadre que espere un rato más en la cafetería. Todo este tiempo no ha sido en realidad tanto tiempo.

—Es el momento de pensar con grandeza —dice Hombre. Y me aprieta la mano. Y me mira—. Tenemos la suerte de estar en un buen hospital, con los mejores médicos, en las mejores manos. Así que, en caso de que lo tenga, que no es seguro, tendríamos la suerte de haberlo detectado a tiempo. H2 ha nacido en un lugar donde, por fortuna, todo puede salir bien.

Después llega ella.

MiMadre se deshace en el suelo como un charco de agua. Pero yo no puedo ir en su ayuda, no puedo ni mirarla. Imposible agarrar una fregona para recoger los restos de MiMadre de las baldosas. Así que la dejo allí, deshecha. Y antes de dormirme de nuevo le hablo con la frialdad con que las doctoras me han hablado a mí. Peor, le hablo con la frialdad con que una hija puede llegar a hablar a su madre cuando sabe que la necesita.

—Ahora tenemos que esperar, mamá. Deberías irte a casa y descansar —digo.

Y nada es más frío que mi voz.

ANÁLISIS MENTAL

Estoy esperando a que hagan la ecografía del cerebro de H2, sentada en las sillas de plástico de la UCI de neonatos del hospital. Veo bebés con respiradores artificiales, bebés con muchas agujas encima, bebés morados, bebés que se retuercen de dolor. Veo las caras de sus madres mirando a través de un cristal hacia las incubadoras. Son criaturas que no se pueden tocar. Que sus madres pueden tener encima solo a las horas que marca el estricto horario de la UCI. Agarro la manita de H2. Ella respira sola, digiere el alimento sola, hace pis sola, hace caca sola. Ella no necesita ayuda para sobrevivir.

Mientras espero, unos padres se sientan a mi lado. Están vestidos con ropa de calle, huelen a ciudad. Yo en cambio llevo casi tres días con el mismo camisón. Eso quiere decir que ellos han tenido que irse a casa sin su bebé.

Un médico aparece frente a nosotros. Como no levanto la cabeza, solo veo los zuecos de madera que calza y el final de su bata blanca. No quiere hablar conmigo. Los busca a ellos. Así que permanezco con la cabeza gacha.

—Tengo malas noticias —empieza con naturalidad. Es evidente que este hombre ha dicho muchas veces estas tres mismas palabras en este mismo pasillo, para él la desgracia no es novedad, es solo desgracia. Los padres se tensan a mi lado, como dos gatos ante un ruido inesperado. Él sigue—: A pesar de que ayer éramos optimistas, las cosas han empeorado esta noche. Nada más iros a casa, empezó a ponerse morado; no sabemos por qué, los pulmones están gravemente afectados.

—Pero nunca ha tenido problemas para respirar —dice la madre.

Como si obligatoriamente hubiera algún error en las noticias. Las noticias malas empeoran cuando son inesperadas.

—Hasta ayer. Anoche tuvimos que ponerle oxígeno para sacarle adelante. Y se le encharcaron los pulmones.

—¿Cómo pudo pasarle algo así? —pregunta el padre asombrado—. Nosotros lo dejamos dormidito.

—No lo sabemos. Pero el intestino también colapsó, vomitó todo lo que había comido. Así que ha vuelto a bajar de peso, aunque eso ahora es lo de menos. Le colocamos de nuevo la sonda para alimentarlo artificialmente, pero eso le provocó una crisis renal.

—Pero si ayer le dimos su primer biberón. Ayer no necesitó la sonda en todo el día.

—Su corazón ha sufrido también —continúa el doctor—. Hemos tenido que reanimarlo dos veces. Esta noche ha sido realmente complicada.

—Pero ¿ahora está bien? —pregunta una voz finísima con el sonido del cristal antes de romperse.

—La situación es muy grave. Ha tenido fallos en el sistema respiratorio, renal y gastrointestinal. Debéis prepararos para lo peor —responde la gruesa voz desde la bata. Firme. La compasión cabe en la firmeza.

El médico no habla de probabilidades. El médico asegura, a pesar de ser médico: «Debéis prepararos para lo peor». Porque hay algo peor que todo lo que les ha contado.

Estoy sola cuando transcurre esta escena y aún hoy me cuesta saber si sucedió en realidad. En algún momento, la progresión del médico me pareció un chiste, una mentira. Me entraron ganas de reír. Pensé que yo estaba inventando este escenario imposible como una macabra forma de consuelo.

La bata blanca desaparece, los padres ya no están sentados a mi lado. La voz de una doctora llama a H2 por su nombre y nuestros dos apellidos para que entremos a hacer la ecografía. Contra todo pronóstico, me importa una mierda el resultado. No me da miedo la palabra «cerebro». No me da miedo ninguna palabra.

Porque mientras terminan la ecografía sé que H2 y yo nos vamos a ir a casa esta misma tarde. Comprendo que H2 puede vivir sin ayuda y sé que eso es ahora mismo más importante que cualquier cerebro. En realidad, eso es lo único importante. Me siento mucho más feliz que cuando me dieron a H1 para que nos fuéramos a casa sin la sombra de ninguna duda. Hay cosas de mis hijas que aún no puedo saber. Quizás por eso no vuelva a vivir un solo día sin miedo. Pero hoy sé que su cuerpo se basta a sí mismo para estar aquí. Y comprendo que es todo lo que puedo desear. La menor de mis hijas ha llegado para enseñarme.

Hay un médico junto al ecografista que me explica que el cerebro está bien, pero que será mejor repetir en unos meses porque es una prueba poco significativa cuando se hace a un bebé de dos días. En todo caso, no se aprecia ningún daño en este momento. Volveremos dentro de ocho semanas.

DÓNDE ESTÁ EL AMOR

H2 tiene ya nueve meses y hace demasiado que nadie me regala rosas. A lo mejor por eso me he puesto a escribir, a tomar las primeras notas del que será este libro. MiMadre recogía rosas para mí todas las primaveras. Hasta que me fui de casa, siempre tuve rosas salvajes en mi escritorio. Rosas con los pétalos casi púrpura. H2 nació precisamente en abril, que es cuando florecen las rosas. Habrá más después, pero no ahora, porque ya no es el tiempo de las flores.

La craneosinostosis se descartó definitivamente ocho semanas más tarde de que nos fuéramos a casa. Contra todo pronóstico, el tiempo de espera no lo fue de incertidumbre. Eso a pesar de que, por regla general, no puedo evitar buscar en internet la catastrófica evolución de cualquier síntoma. Pero no fue así con ella. Creo que es porque H2 espanta la incertidumbre. Ella es siempre certeza, lo contrario de la melancolía. Lo contrario de mí.

Podría haber vivido ocho semanas angustiada, podría haber pensado en todo lo malo que podría pasar, podría haber hablado con MiMadre o con Hombre del miedo que tenía, podría haber dicho a alguien lo de la operación y la sangre y la hemorragia. Pero me limité a ser su madre.

Fue entonces, con nuestras dos hijas sanas en casa, cuando todas las cartas quedaron boca arriba. Había llegado el momento de enfrentarnos al amor más perfecto de cuantos han existido.

En algún momento me di cuenta de que era capaz de hacer felices a mis hijas, que tenía ese poder. Y fui consciente también de que mi amor con Hombre era tan completo, que daba hijas. No unas hijas cualesquiera, sino las nuestras, que son sin ningún género de dudas las mejores criaturas sobre la faz de la tierra. Y con todo esto tuvimos que aprender a vivir. Poco a poco tuvimos que acostumbrarnos a que las cosas salieran bien. Y, algunas veces, muchas veces, todas las cosas salían bien al mismo tiempo. Y todos estábamos vivos. Y todos nos queríamos. Y no estoy hablando de un amor cualquiera, sino de un amor irresistible, de lo mejor que te puede pasar en la vida. Como cuando H1 sacó un pez aguja del mar con su caña de juguete o cuando se durmieron vestidas de princesa con las manos apretadas. O la tarde en que destrozamos el castillo de arena que habíamos hecho entre todos, los pies descalzos de H1, la boca llena de arena de H2. ¿Por qué todos los bebés quieren comerse la tierra? La primera vez que H1 dibujó algo que nos obligó a reconocer. Lo primero fue un papá: una línea recta en medio del folio blanco. Después una mamá. Una paralela más gruesa y más larga que la primera. Después se dibujó a ella: más gruesa y más larga que las dos líneas anteriores juntas. Las tres de color azul. Y por debajo, su hermana, mucho más finita y pequeña, pero cerca de su línea. Elegir un nuevo color favorito, las palomitas de chocolate colándose entre los cojines de los sofás, la oscuridad de la noche en que salimos a buscar lobos con la linterna roja. También las estrellas y la primera palabra en la boca de H1. Ni mamá ni papá. Dijo «No». El sonido de los besos cuando se lanzan al aire, su brazo colgando entre los barrotes de la cuna (podría hacerse daño), una tarde recogiendo cerezas. La carne roja de la fruta y su boca maquillada por aquel jugo dulce y salvaje. El primer susto, el primer columpio, una yegua marrón con una mancha blanca en mitad del cráneo y su bebé mamando justo debajo, los Reyes Magos.

Lo mejor que le puede pasar a una mujer. Mejor que eso, el sueño de toda mujer: ser la madre de sus hijas. Serlo todo, María Magdalena, la Virgen María y el pesebre, todo a la vez. Eso y tener el dinero suficiente para comprar todas las ideas que me habían vendido. Que no falte de nada en la lista de la compra.

- Amor romántico. Doble ración para el carro (oferta pack ahorro)
- El hombre de mi vida (guardar ticket)
- Una hipoteca (imprescindible recoger con maletero vacío)
- Dos profesiones (para vivir y para estar viva)
- Crema de choque anticelulítica. Efecto flash
- Dos bebés. Una grande y otra tierna
- Sillita de bebé, sistema de seguridad antivuelcos
- Sistema electoral europeo
- Una capa nueva (imprescindible para mí que sea roja)

Los últimos años he sido lo que se dice una Superwoman. Lo he podido todo y lo he tenido todo.

Pero la criptonita se inventó para bajar los humos a Superman. Y yo nunca he sido menos que un hombre. Era imprescindible enfrentarme a mi propia debilidad, ¡solo faltaba! Si no, vaya mierda de superhéroe.

El amor, ya lo intuía, es el origen de mi vulnerabilidad femenina. Hay mucha propaganda sobre el amor, mucho ruido, muchas canciones, demasiados intereses.

El amor es agotador y a veces se agota de puro cansancio. El amor es petróleo, es el verdadero oro negro. Un recurso ilimitado que hace girar las ruedas de las sillas de ruedas. Y las madres del mundo somos algo así como la OPEP (Organización de Países Exportadores de Petróleo) del amor. Cabe mucha pobreza en nuestros arrabales, sabemos lo dura que resulta la extracción, sabemos que se gasta, sabemos que si no se administra bien no durará para toda la vida. Esa es la razón por la que las madres de todo el mundo repetimos la misma frase a nuestros hijos cada noche: ¡apagad las luces!

He tardado más de cuatro años de crianza en comprender algo tan sencillo como que el amor no lo puede todo, ni siquiera el mejor amor del mundo, ni siquiera el nuestro. Al principio, cuando nuestra relación no llegaba donde yo quería, pensaba que era porque tenía impurezas. Como si tuviéramos que poner a prueba nuestros sentimientos una y otra vez. Pero no hay nada que temer. Porque donde el amor no pudo llegar, Sacrificio me estaba esperando… Llevaba allí sentado mucho tiempo viendo cómo hacía la compra. Y no esperaba solo por mí. En realidad, está siempre esperando por todas nosotras.

Es ahora cuando lo veo claro. Puedo ver a lo lejos la cortina de hilo blanco que separa una habitación de otra. Y comprendo que algún día tendré que rasgar esa tela. Porque llegará el día en que lloren, se quejen, enfermen, muerdan, griten, rompan un plato, pataleen, vomiten, escupan o levanten la voz y yo tenga que apartar esa cortina. Al otro lado estará Sacrificio, que saludará educado antes de entrar. Sé que, cuando eso suceda, todo habrá acabado de empezar. Porque estoy programada por muchas antes que yo para sacrificarme por mis hijas hasta que duela, hasta que el amor ceda a la rutina, hasta repetir siempre las mismas cosas, hasta el aburrimiento. Diseñada para entregarme hasta el vacío, porque eso es ser una madre, «la que da todo por sus hijos». Dispuesta a querer a mis hijas y a mi hombre incluso cuando no lo merezcan, pues será entonces «cuando más lo necesiten». No olvidemos que las palabras sirven para mandar y que he recibido palabras desde que nací. Y así hasta que una noche llegue a decir a dos adolescentes desparramadas en un sofá (ambas con las piernas demasiado abiertas): «Algún día entenderéis todo lo que he hecho por vosotras».

Por supuesto, ahora que lo sé, podría continuar con mi vida de otro modo, hacerles menos caso, empezar a asumir en qué se convertirán. Solo que para hacerlo tendría que clavarme una estaca en el corazón mientras agito el biberón de H2 con sus ocho cacitos de cereales con la otra. Hay un deber ser dentro de mí, un deber ser que ni siquiera es mío. Y ese deber me dice alto y claro: deja de escribir, deja de salir por las noches, deja de leer ahora, deja de trabajar, deja todo lo que no son ellas, porque todo seguirá en su sitio cuando las niñas que tienes delante se hayan convertido en dos muchachas egoístas que solo te necesiten para odiar. ¿Y sabes qué? La razón por la que te odiarán es que no renunciaste a todo por ellas. Te empeñas en seguir viva y pagarás por ello.

Así que en este momento del relato me tapo los oídos, cierro los ojos y grito. Porque no pienso atender a ningún interrogatorio ni responder a ninguna pregunta ni anticipar a ninguna de las mujeres en que se convertirán mis hijas. Ahora mismo, yo soy la única mujer de la casa y, después de todo, ni siquiera Superwoman conoce el futuro.

H1 tiene tres años y medio, H2 doce meses y yo tengo las cosas muy claras. Soy más feliz de lo que seré en mi vida porque:

1. Las niñas están bien.
2. Hombre está bien.
3. Todos estamos bien.

OBEDECER

Ser madre es el entrenamiento contemporáneo de la sumisión en las mujeres. Nos hemos librado de algunas injusticias, estamos peleando para que caigan otras. Pero en el caso de la maternidad, el amor coincide con expectativas que ni siquiera inventamos y que, sin embargo, nos esmeramos consciente o inconscientemente en cumplir. Eso nos convierte en seres domesticables. La música amansa a las fieras y la maternidad a las hembras.

Yo, que era experta en negarme a casi todo lo que no quería o no me correspondía o no me parecía bien, he aprendido a acatar cualquier orden sin cuestionarla, a ceder, a sonreír, a tener la fiesta en paz. Todo por su bien, claro está. Pero también por el mío, por hacerlo bien. H1 ya habla fluidamente y usa todo su empeño lingüístico en que se cumpla su voluntad. Lo intenta con todo el mundo, pero su tasa de éxito es mucho mayor conmigo que con cualquier otro ser humano. H2, por su parte, ha aprendido a pronunciar cuatro palabras con las que es capaz de conseguir todo lo que quiere: papá, mamá, sí, no. Reconozco que he llegado a encontrar un placer íntimo en hacer exactamente todo lo que ellas me piden, en darles gusto con cualquier cosa que no les haga daño.

Es difícil enumerar todas las órdenes y demandas que recibo cada día por parte de mis hijas. Son tantas, que creo que he dejado de procesarlas. He aprendido, después de mucha práctica, a obedecer sin pensar ni rechistar.

¡MA-MÁÁÁÁ! QUIERO. Ven. Tengo hambre. Me duele aquí. Juega conmigo. Tengo calor. Zanahoria. NO. Quiero ver una peli. No quiero ver esa peli. Me duele la barriga. Se ha roto el zapato de la princesa. Necesito celo. Unas tijeras. Corta aquí. NO. Se ha perdido el conejo. Léeme un cuento. Enciéndeme la tablet. Apágame la luz. ¡¡MA-MÁÁÁÁ!! NO QUIERO. Dame un beso. No se lo digas a papi. Quiero sandía. SÍ. Dame las bragas. He hecho pis. Me hago caca. Quiero ir a casa de mi mejor amiga. ¿Podemos bailar? No quiero ponerme esa ropa. Estos leotardos me hacen daño. Ponme la cola de sirena. Esa falda es fea. No pienso desayunar. ¡¡MA-MÁÁÁÁ!! NO, NO, NO. Péiname. ¿Me compras algo? Quiero chorizo. Así no. Me duele el oído. Lávame los dientes. Hazme cosquillas. Quiero un baño con espuma. Palomitas.

Creo que los humanos obedecemos, por sistema (o educación), al menos una de cada cinco veces que se nos pide alguna cosa. Una de cada tres a poco que nos entrenen. Como madre, procuro obedecer todas las veces, es mucho más rápido que discutir. El problema es que una vez que aprendes a hacerlo, una vez que puedes obedecer con una sonrisa, contar hasta diez por segunda vez, cuando sabes cómo controlarte, entiendes que lo mejor es tener paciencia y has aprendido a cerrar el pico… El problema es que cuando has aprendido a obedecer, cuando por fin sabes cómo hacerlo, estás preparada para cualquiera.

Afortunadamente, hoy es uno de esos pocos días en que nadie me ha pedido nada. Son las dos de la tarde y estamos todos aún en pijama, perezosos hasta para pedir. La casa huele a comida y a cazuelas calientes y Hombre me espera, en la cocina, con el vino frío y el marisco recién hervido.

La mano de Hombre está debajo de mi barbilla justo ahora. Un mordisco en el labio. La dureza de la encimera detrás de la espalda. Las niñas juegan en su habitación. Nuestra cama está aún deshecha. La comida tendrá que esperar. La familia perfecta.

—Me hago pis —digo con el peso de Hombre sobre mi vejiga.

Me gusta cuando aprieta.

Me hago pis desde hace tres horas o más, pero no he encontrado el momento. Me lo he aguantado. De hecho, me he convertido en una experta en aguantar el pis. Lo único que tengo que hacer para seguir llenando la vejiga es pensar en las tres palabras mágicas: *Y ya voy*. Hago la cama *y ya voy*, les sirvo el desayuno *y ya voy*, sofoco una pelea de hermanas *y ya voy*, me doy una ducha *y ya voy*, salgo un momento a hacer la compra *y ya voy*, pongo música *y ya voy*...

—Ve a hacer pis —susurra Hombre en mi oído.

—Follamos *y ya voy* —respondo.

Diez o quince minutos después hemos terminado y por fin estallo, placer máximo. Necesitaba ir al baño.

Me estoy limpiando rápidamente cuando, simplemente, ocurre. Una de esas imágenes que te llenan la cabeza de mil palabras, una visión que me parte en dos. Hay una mancha leve pero oscura, inequívoca, sobre el papel higiénico. Es una mancha de caca, aunque yo solo he hecho pis, nada más. Sin embargo aquí está la prueba del algodón, una sentencia sobre mi cuerpo y sobre mí. Estoy sucia. Pero ¿cómo ha podido pasarme algo así? ¿Cuándo demonios ha ocurrido? Supongo que me levantaría de la taza del váter a medio limpiar para atender cualquier clase de urgencia doméstica, como subir el volumen de los dibujos animados, y ya no regresé. Imagino que Hombre llega a descubrir esto mientras tenemos sexo. Podría haber sucedido hace un minuto. ¿Acaso lo ha hecho? ¡Acabo de acostarme con él así! Imagino que Hombre está lamiéndome el culo y se encuentra con esto. ¿Qué estoy haciendo con mi vida? ¿Por qué llevo horas aguantando las ganas de hacer pis? ¿Por qué no tengo tiempo ni para limpiarme el culo? Salgo pitando a la ducha.

El agua arde en mis nalgas cuando estoy a punto de derrumbarme. Estoy triste por mí. Me siento en el plato y dejo que el agua fluya. Tengo la sensación de que convivo con algo inaceptable, el problema es que no tengo la menor idea de cómo cambiarlo. Y eso me pone furiosa, contra mí y contra él. Me estoy enfadando con Hombre porque sospecho que, de alguna forma, esto es culpa suya.

Sin embargo, Hombre no se ha enterado de que hoy no va a ser un buen día para nosotros, todavía no sabe que vamos a discutir. A menos que venga ahora mismo aquí y me explique por qué tengo que ser yo la más sucia de los dos. Pero eso no va a suceder, porque esta es una de esas veces en las que Hombre no se entera de lo que me está pasando.

Salgo de la ducha y me empiezo a secar. Elijo mi mejor crema hidratante. Me pongo colonia, también crema facial. Quiero estar limpia el resto de mi vida. Mientras extiendo la loción con un suave masaje circular, inauguro un soliloquio cargado de explicaciones. Me digo que debería exigir que Hombre se ocupe del cincuenta por ciento de todo, que me ayude más en todo, que obedezca a las niñas tanto como lo hago yo. Me aplico un poco de acondicionador y me cepillo el pelo. Dividiremos las cuentas bancarias. Esa puede ser otra clave. Comprobaré que Hombre hace exactamente la misma cantidad de trabajo doméstico que yo, que traemos los dos el mismo dinero (o dejaré constancia de que yo traigo más que él). El objetivo no es repartir el trabajo visible, ni siquiera el dinero. Hombre trabaja visiblemente tanto como yo dentro y fuera de casa. Aquí el problema es otro y otra ha de ser la solución. La clave pasa por repartir las funciones, también las que no se ven, porque unas pesan más que otras, por mucho que él cargue siempre con la maleta más pesada en el aeropuerto. Lo que necesito es repartir el espacio de crianza mental, todos los pensamientos domésticos que yo tengo en beneficio de nosotros cuatro, todo el esfuerzo invisible e incontable del que él se beneficia. Por ejemplo, a partir de hoy, quiero que Hombre haga listas con todas las cosas que deberíamos hacer, que apunte todo lo que las niñas van a necesitar con el cambio de estación, que se lea todos los mensajes del grupo de WhatsApp de los padres de la guarde, que sepa si tenemos o no luces para el árbol de Navidad, que conozca el nombre de la loción sin corticoides que H1 necesita cuando aparece la dermatitis, que tome notas de cómo coño se cose el disfraz de carnaval para el colegio sintiendo que debería coserlo él, que esté en todo lo que no es importante pero alguien tiene que pensar, que se levante con mierda en el culo a subir el volumen de los dibujos para evitar que una de las dos se ponga a llorar, que no termine nunca. Eso será fundamental para arreglar las cosas. Esa es, de hecho, la clave de este asunto. Y me refiero a que nunca, pero nunca, tenga tiempo para sentarse en el sofá como si no pasara nada. Juro que lo mataría cada vez que me corroe la envidia por ver cómo dispone libremente de su tiempo. Porque él todavía lo hace, él todavía tiene tiempo del que disponer libremente, sin culpa, sin preocupación, como si ellas no estuvieran.

Hoy mismo, en un rato, se irá al salón, se sentará y elegirá una película que pueda gustarnos a los dos. Después, antes de que termine, se quedará dormido durante una larga siesta. Y, lo peor de todo, es que ni siquiera lo sabe. No necesita ni planearlo porque aún puede hacer lo que le da la gana cuando está en su casa, ser padre no ha cambiado eso para él. Yo en cambio estoy pensando qué van a comer las niñas, porque el marisco no les gusta y no sé si van a colar los filetes de anoche. Tenemos judías verdes en la nevera, pero no tengo fuerzas para esa guerra. Y para colmo se ha hecho realmente tarde para H2, que encima no ha echado la siesta y se ha pasado claramente de su hora de comer. Precisamente por eso, porque se ha pasado, ya no conseguiré dormirla después de comer y si ella no descansa, tampoco podré hacerlo yo. Pero de verdad que necesito cerrar los ojos aunque sea media maldita hora. Solo que no va a poder ser porque, cuando ella llore, Hombre estará saciado y frito y seré yo quien se levante. Puede incluso que me haya dormido pero, aun en ese caso, mi sueño será el más ligero de los dos. Eso también me enfada y siento cómo me cabreo con razón incluso cuando aún no ha sucedido el motivo de mi disgusto. Pero es que va a pasar exactamente como digo. Porque voy a beber menos vino que él en la comida, voy a estar esperando su llanto y voy a acudir en cuanto la escuche. Entonces la trataré con toda la dulzura del mundo y sentiré otra vez la suave violencia de todo lo que no funciona como debería. Por eso hay que repartir también el espacio mental, eso lo tengo decidido. Porque necesito urgentemente sentir que mi cabeza es tan libre como la suya. Eso y una casa mejor. Porque está claro que necesitamos una casa mejor. Ahora que lo pienso, eso sí sería un desahogo. ¿Tampoco se da cuenta de eso? ¿Es que no puede pensar nunca en esta familia?

—Creo que deberíamos cambiar de casa —digo levantando la copa hacia Hombre.

He decidido no abordar el tema del espacio mental. Pero vamos a probar con otro espacio.

—Me das miedo cuando te pones inmobiliaria.

—Llevamos diez años en la misma casa y… no sé, no estoy segura de que este sea nuestro lugar. Pero me agota pensar en cosas que nos afectan a todos y parecen preocuparme solo a mí.

—Recuerda que tu ansia inmobiliaria nos convertiría en una familia nómada. Y que tu ansia es siempre síntoma de otra cosa.

—¿Te das cuenta de que cada vez que expreso una opinión que no compartes me acusas de ansiosa o de histérica o de cualquier cosa que pueda anular mi criterio?

Ya dije que íbamos a discutir.

—Me doy cuenta de que cada vez que te quieres mudar, discutimos.

—Bueno, es que creo que quizás podríamos montárnoslo mejor en otra parte, no sé. Aquí ni siquiera tenemos ascensor. Estaría bien tener una terraza para las niñas, algo más de espacio. Algo más, ¿no?

—No lo sé. A las niñas les encanta esta casa, porque somos felices en ella. Pero tú crees que seríamos más felices con un ascensor aunque de hecho no es un problema para ninguno de nosotros subir y bajar escaleras... Ayúdame a entender lo que nos falta cuando lo tenemos todo.

—A lo mejor eres tú el que lo tiene todo. Porque yo siento que necesito otra cosa. ¿Una logística más sencilla, por ejemplo? ¿Más tiempo para mí?

Hombre no entiende que cuando reclamo espacio exterior, lo que en realidad necesito es sentirme dueña de mi interioridad. Pero eso no lo voy a confesar, ni siquiera a mí misma, solo me faltaba. Es muy difícil explicar lo que me pasa en voz alta sin que parezca culpa mía o sin que parezca que podría ser todo de otra forma si yo actuara de otra manera. Quizás en un ático, no sé, o en uno de esos bajos que hacen esquina con doble trozo de jardín en alguna urbanización en las afueras. Una de esas casas que se compran sobre plano: la confirmación de que las cosas marchan como deberían aunque tenga la mierda pegada al culo.

Solo que es demasiado tarde. Supongo que debería haber comenzado con el asunto del reparto de responsabilidades y tareas el mismo día en que nació H1, como el chaval de la camiseta de Motörhead que conocí en el *coworking*. Pero, en el mejor de los casos, sé a quién van a llamar mis hijas siempre y cada vez que tengan una pesadilla por las noches. Algo dentro de mí no cree en el cincuenta por ciento.

Definitivamente voy tarde. Aunque, quizás, lo que debería haber hecho para evitar todo esto es dejar de trabajar. A lo mejor es que nuestra moderna organización funciona peor que aquella donde la mujer dependía económicamente del hombre y tenía, al menos, tiempo para estar en casa con sus hijos. Puesta a quedarme sí o sí con las peores cartas, a lo mejor no es tan mala idea tener menos cartas que él.

Hasta los años sesenta, en España eran pocas las mujeres que no tenían como objetivo primordial dedicarse a su familia. Es más, la inmensa mayoría dejaba de trabajar al casarse o con el nacimiento de su primer hijo. Su formación era deficitaria, poquísimas estudiaban y la mayoría se casaban. Entonces casarse servía para algo y un buen marido (rico, culto, poderoso) podía tener tanto valor como un buen trabajo hoy en día porque significaba, cuando menos, tiempo para criar y sustento material.

Desde 1979, el número de alumnas matriculadas en la Universidad Complutense de Madrid supera el de alumnos. Hoy la norma se ha invertido: somos muchas las que estudiamos y muy poquitas las que nos casamos, cada vez menos. El sociólogo Luis Garrido publicó un libro impresionante sobre este tema: *La doble biografía de la mujer en España*, donde el asunto se resume más o menos así: en 1980, un 65 por ciento de las españolas de entre 20 y 34 años estaban casadas y en 2016 solo el 19 por ciento. La institución del matrimonio se ha convertido en una institución inútil (ya no protege de manera especial a ninguno de sus miembros) y está por tanto en peligro de extinción. Garrido calcula que, si continúa la tendencia, en 2030 no habrá en España ni una sola mujer casada de entre 20 y 34 años. Mientras tanto, la natalidad desciende también en caída libre.

Así que las mujeres españolas (y occidentales en general) estudiamos más, trabajamos más, nos casamos menos y parimos menos. ¿Y qué pasa cuando decidimos estudiar, trabajar, emparejarnos (o casarnos) y encima parir? Pues pasa que estaremos arruinando nuestra vida. Porque jugamos con cartas marcadas y las buenas intenciones no son suficiente: la banca siempre gana.

La infancia y la vejez son dos fases en las que la dependencia humana es ineludible. Pero el Estado ha decidido financiar únicamente la vejez y pasar ampliamente de nuestros hijos. El matrimonio ha fracasado como institución y ya no protege a ninguno de sus miembros, así que la mayoría de las mujeres pasan ampliamente de casarse. ¿Resultado? Las madres trabajadoras (y nuestros hijos) estamos, en algunos aspectos, más desvalidas que otras madres antes que nosotras. Más instruidas, pero también más decepcionadas. Porque ahora que podíamos tenerlo todo, cargamos con la maldición de no poder tener nada «del todo».

—¿Tú no ves que yo voy como pollo sin cabeza, que hay algo en mí que no está funcionando como debiera? —pregunto a Hombre. Seria, llena de sentido.

—Tú no eres ningún pollo. Eres una mujer fuerte e inteligente con todas las cosas en su sitio.

—Cada vez estoy más segura de que no existe la manera de ser una buena madre, una buena profesional y una buena pareja. Es imposible, todas sabemos que es imposible y solo algunas elegimos fracasar en el intento en lugar de asumir lo evidente —digo.

Y siento alivio. Decir la verdad siempre ha sido una forma de alivio para mí.

—A veces me das miedo.

Tradicionalmente, los hombres no han aprendido a sentir la necesidad de anularse para que sus hijos crezcan, al contrario, ellos llevan millones de años concentrados en otros asuntos. Sobre eso no hace falta citar ningún estudio porque es algo que todo el mundo sabe. Esa ha sido su ventaja ancestral y sigue siendo hoy la razón por la que aún son los primeros en cualquier ranking o estadística relacionados con el poder o el dinero. No es que el mundo se haya hecho a su medida, sino más bien que ellos inventaron la manera de medir el mundo.

Así que ahora, por mucho que intente repartir las tareas al cincuenta por ciento con Hombre, sé que me va a resultar muy difícil (imposible en realidad) compartir con él ese espacio invisible que ocupan el cuidado, la entrega y la preocupación de la madre que soy. Y mientras me sienta sola en ese lugar, algunas discusiones serán inevitables. Puede que hasta el desamor sea inevitable.

A veces creo que solo cuando los hombres consigan recuperar y reivindicar su propia feminidad, tendremos alguna oportunidad como especie. Algo que, por otro lado, no sería mucho pedir, dado que nosotras hemos pasado por todos los aros de su caprichosa masculinidad. Que levante la mano la mujer que alguna vez en su vida no haya tenido que demostrar a alguien que vale tanto como un tío.

En el Libro I de los Reyes (3, 16-28), se escribe el recurso que utilizó Salomón, rey de Israel, para averiguar la verdad en un caso judicial que se le presentaba: la disputa entre dos mujeres, el hijo de una de las cuales había muerto. Ambas decían ser la madre del niño vivo, más o menos así.

Esta afirma: Mi hijo es el que vive y tu hijo es el que ha muerto. La otra dice: No, el tuyo es el muerto y mi hijo es el que vive.

Y añadió el rey:

—Traedme una espada.

Y trajeron al rey una espada. Enseguida el rey dijo:

—Partid en dos al niño vivo, y dad la mitad a la una y la otra mitad a la otra.

Entonces la mujer de quien era el hijo vivo habló al rey (porque sus entrañas se le conmovieron por su hijo), y le dijo:

—¡Ah, señor mío! Dad a esta el niño vivo, y no lo matéis.

—Ni a mí ni a ti; ¡partidlo! —dijo la otra.

Entonces el rey respondió:

—Entregad a aquella el niño vivo, y no lo matéis; ella es su madre.

Yo soy la madre de mis hijas y algo dentro de mí (varios millones de años dentro de mí) no me va a permitir nunca aceptar la división salomónica. Esperaré a que H2 llore después de comer y acudiré a calmarla y seré una zombi jugando con ella sobre la alfombra de su habitación. Mientras tanto, Hombre dormirá. Y cuando llegue el día del juicio, diré que él es el mejor padre del mundo, que las merece más que yo. Le diré a la jueza de turno que paso de la custodia compartida, que se las quede su padre para que ellas no tengan que cambiar de casa y todo ese trajín, le explicaré que es un padre maravilloso para sus hijas. Y lo haré porque, secretamente, jamás renunciaré a mi cincuenta y dos por ciento, porque quiero un poco más de ellas que cualquiera, también que su padre. Y a lo mejor es por eso que ocupo ese espacio mental invisible y secreto, ese espacio que quizás acabe con todos nosotros. Ese lugar casi sagrado que habitamos muchas mujeres en beneficio de todos y que, al mismo tiempo, no hace ningún bien a nadie. Ese espacio es un espacio político del que el Estado ha dimitido. En realidad, deberían pagarnos por gestionarlo y ocuparlo, independientemente de que tengamos o no otros trabajos remunerados, deberíamos sentirnos objetivamente reconocidas y aliviadas y, mientras esto no suceda, todos estaremos en peligro. Porque una sociedad que tiene cabreadas a sus mujeres es una sociedad en peligro de extinción.

Lo peor de todo es que cuando H2 llora por fin y voy a atenderla, tal y como había previsto, contemplo a Hombre con ternura y me digo que no es culpa suya haberse quedado dormido. Me digo que no debería enfadarme por algo así. Entonces siento una enorme tristeza por los dos.

Es una pena que, llegados a este punto, el antídoto de todos los males sea también nuestro veneno.

Muérete de una vez, maldito amor romántico. Y danos la oportunidad de querernos en paz. Cuando vuelvo de dormir a H2, agotada, con los brazos casi dormidos y la espalda reventada por el peso, contemplo de nuevo a Hombre y su impasible descanso. Entonces sé que es culpable, sé que tenía razón desde el principio de mi cabreo y siento, otra vez, una mancha pegada al culo. El culo es mío, la tristeza es mía, pero Hombre es quien ha sembrado esta mierda entre nosotros. «Deberías estar despierto, cabronazo», susurro en su cara.

EL NAUFRAGIO DE LA FELICIDAD

Nunca me he sentido tan feliz, tan completa, tan llena, tan plena como siendo madre de una niña de doce meses, otra de cuatro años y viviendo con el padre de ambas, que es Hombre. Lo inesperado es que ese estado de intensa felicidad resultó ser un poco embriagador y decididamente desbordante, difícil de manejar.

La felicidad es un sentimiento excesivo e impetuoso, como cuando el mar se traga un pedazo de tierra (una casa, un bar o una playa entera) con sus bellas y enormes olas. Es un estallido de la naturaleza: lo hermoso y lo terrible, otra vez Rilke, otra vez juntos. Y eso es exactamente lo que me pasó a mí. Estaba equivocada, la felicidad no es una calma chicha, no es tumbarse en una colchoneta de plástico fucsia sobre una prefabricada piscina azul. La felicidad puede arrasar con todo a su paso, arrancarte lo que tienes y hasta lo que no tienes mientras tú contemplas exultante el panorama, sin saber si asistes a tu naufragio o a tu triunfo.

Una mañana de domingo estoy tumbada en nuestra cama y siento tanta felicidad que no me atrevo ni a moverme. Quiero quedarme precisamente donde estoy, contemplando el desorden de nuestra habitación bajo la luz tibia de la mañana. Y al mismo tiempo, sin mover un solo músculo, sin decir una palabra, sin hacer nada que pueda estropear este momento, resulta que quiero levantarme inmediatamente y dejar toda la casa como los chorros del oro para que nuestra familia pase el domingo en un hogar ordenado y agradable. Quiero orden, familia, predecibilidad, un plan de pensiones. Y también quiero dejarlo todo como está, las pelusas debajo de los sofás, los juguetes diminutos desperdigados por el suelo hasta que se nos claven en los pies, los posos del vino en las copas de anoche. Incluso me gustaría ver algún cenicero lleno de los pitillos que fumábamos cuando fumábamos como es debido. Un cenicero que jamás estará cerca de mis hijas. ¿Te imaginas qué peste?

No hay nada que pueda hacer, la felicidad es un arma cargada de deseo. Y yo me he convertido en una mujer armada hasta los dientes, precisamente yo, que detesto la violencia, una bomba a punto de explotar. Pero es así. La dicha es capaz de estar en dos sitios a la vez, en dos momentos a la vez, en dos deseos a la vez, en dos sentimientos a la vez. Será por eso que al mismo tiempo que no quiero separarme de mi familia ni un instante, resulta que quiero recorrer el mundo en solitario, cargada únicamente con la mochila de mi juventud. Quiero que nuestra casa sea la mejor de todas, la más bonita. Pero también quiero no tener coche ni casa. ¡Ah! Y quiero que las niñas jueguen en un jardín que sea suyo. Y otro coche, también más grande, uno donde podamos dormir todos juntos en medio de un bosque. Y quiero ir a todas partes en moto y ser escritora de verdad y no tener cartera sino un monedero de tela donde no hay tarjetas y apenas suenan las monedas. Y quiero no tener que pensar jamás en el dinero. Quiero jugar, después de todo. Y quiero trabajar, de vez en cuando. Quiero que alguien me pague por algo que yo sea capaz de hacer mejor que otros. Me refiero a un trabajo que requiera una alta cualificación, para que me paguen únicamente por mi trabajo, en vez de comprar mi tiempo. Pienso en ir todos juntos a dar un paseo largo por el Retiro y en detenernos quizás en el mago que doma un león de peluche con su látigo de Indiana Jones. Me han hablado de un restaurante para niños con camas hinchables cerca de Algete que podría ser una opción. Pero, antes de todo eso, debería levantarme y no sé si estoy dispuesta, porque para algo es domingo. Aunque, ahora que lo pienso, lo mejor sería que me pusiera a escribir si de verdad pretendo avanzar en este libro. No debería permitir que mi vida familiar eclipsara mi carrera. Es terrible, pero mi familia es enemiga de mi éxito. Después de todo, el éxito te deja sin tiempo y ya sabemos de lo que se alimentan las familias.

Todo esto ha pasado como un vendaval, y aún no me he movido de nuestra cama ni de nuestro domingo. Aunque la luz está ahora un poco revuelta, puede que haya hecho demasiado ruido. Miro a Hombre. Me encanta verlo despertar. Me digo que debo actuar responsablemente, gestionar todo esto, dejar espacio a todo lo que soy detrás de la cerradura de nuestra casa. Antes de que entre una ola y se lleve todo por delante. Necesito, sin lugar a dudas, un amante.

Tengo que decírselo a Hombre, que está también a mi lado una mañana de domingo. «Estoy lista para estrenar: hay un nuevo paquete que debo abrir», debería decirle. Hace tiempo que lo sospecho, pero no me queda ya ninguna duda. Y debería explicarle también lo suyo, porque a veces Hombre se entera de las cosas más tarde que yo: «Abre todos los paquetes que puedas, querido, porque yo entiendo muy bien por lo que estás pasando». Sin embargo, Hombre está verdaderamente tranquilo, en esa paz que precede a la convulsa felicidad. Él no parece desear nada más que lo que tenemos. Aún no está desbordado, no es tan feliz como yo, no me ama tanto: sus olas no son tan altas como las mías.

EL CUERPO ES UN ANIMAL LITERAL

Mi cuerpo ya no es lo que era. Antes era un templo del placer, ahora es un templo del consuelo. Y Hombre lo sabe. Antes de ser madre tenía un cuerpo para gozar, para sentir, para ser, para él. Ahora, en cambio, soy una fábrica de amor. Ahora sí soy una mujer objeto. Tengo un cuerpo-silla, un cuerpo-cama, un cuerpo-hamaca. Soy todas esas cosas mientras desaparezco poco a poco.

H2 acaba de cumplir un año y me usa para dormirse, para calmarse, para acunarse, para llorar, para pasar la suela de sus dedos por mi uña cuando tiene miedo. Habría jurado que las uñas no consuelan y me habría equivocado. Tienen muchas manías con mi cuerpo. H1 me pellizca los brazos cuando está triste, H2 me muerde la cara cuando me ha echado de menos. Ellas han colonizado mi piel y han edificado. Han construido en mí una gasolinera, una farmacia de guardia, un supermercado, un centro comercial. Soy un dispensador de *amenities*. Guardo nuevos secretos en el encaje del sujetador: un kleenex apachurrado, por ejemplo. Llevar kleenex me parece más importante que llevar bragas. También sirvo para succionar, no solo mi leche, mis pulgares son el chupete perfecto cuando no hay látex, también los nudillos. Hasta el codo. Toda yo soy succionable para ellas y lo seré mucho después de dejar de alimentarlas.

Se llevan tres años, la lactancia es imprescindible según la Organización Mundial de la Salud los primeros seis meses, recomendable hasta el año… Entonces llega la despedida y ser chupada también mientras dure el chupete. Inmediatamente después estoy embarazada de H2 y todo vuelve a empezar. Hay muchas cosas que quiero preguntar a Hombre después de nuestras hijas. ¿Te acuerdas cuando chupaba uno de mis dedos para ti? ¿Cuando tú eras el único dueño de estos pezones? ¿Cuando te la chupaba? ¿Te imaginas? Chuparse es otra cosa desde que también lo hacen ellas. Y cuando terminen de comérselo todo, los dos sabremos que este cuerpo y estos pechos fueron suyos. Pero habrá otros hombres que no lo sepan. Y yo desearé volver a ser estrenada, más o menos como ahora lo deseo.

El día que alimenté a H2 por última vez, sabía que no lo haría nunca más. Que el cuerpo-madre-alimento se estaba terminando en ese instante, en aquella noche, sobre aquella cama. Morimos tantas veces. Una madre es también todos los cuerpos que han muerto en ella.

Cuando H2 mama parece un pez recién pescado, plata escurridiza. Puedo verla abrir y cerrar la boca con la dulzura desesperada del hambre justo antes de ser satisfecho, un pez azul brillante fuera del agua que podría asfixiarse sin mi alimento. Puedo ver el mar de mi infancia mientras mamas desde aquí, en la plaza de la Paja del centro de Madrid, a más de quinientos kilómetros de cualquier orilla. Y te juro que jamás te faltará el aire. Dejaría que bebieras mi sangre gota a gota. Pero que nunca te falte el aire, pececito. Come. Consuélate, porque este es mi cuerpo.

¿Qué puede hacer Hombre con un cuerpo así?

¿Qué otra mujer soy yo desde un cuerpo así? Dudo si podré seguir amando a Hombre desde esta carne que es otra y significa tantas cosas nuevas. Aunque creo que no, porque no puede haber continuidad en el amor después de esta ruptura. Y Hombre lo sabe. Se ha dado cuenta de que soy otro cuerpo y por lo tanto otra mujer, otra persona. No podemos pasar por encima de la carne. Debería asumirlo: Hombre se está acostando con otra.

Hay dos agujeros en mis pechos por los que puedo sentir cómo entran el frío y la realidad. Los siento llegar, aunque lleve abrigo y debajo una chaqueta y debajo una camisa y debajo una camiseta interior y debajo un sujetador de lactancia y debajo un disco absorbente que evita que la leche se derrame y ensucie la ropa. En realidad, llevo esos apósitos para que el frío no penetre. No voy a mancharme, no voy a derramar nada. Mi leche no sale si ellas no chupan. Pero da igual, no hay nada que hacer: todo lo de fuera llega dentro, el exterior se me hace carne. No es lo que sale de mí, es todo lo que entra. Es un pinchazo y otro y luego otro. Es el alma del mundo lo que se cuela por ahí. Es mi mirada detenida en los zapatos que calza el hombre que aprieta la mano de su hijo en el mercado y es el orgullo del padre agarrado de esa mano, pero también el betún que esparció antes sobre esos zapatos viejos que deben lucir como nuevos cuando los lleva un padre que quiere sentirse orgulloso. Son las primeras rosas en el jardín de Anglona de Madrid con los pétalos mojados por la lluvia y la mujer que vende fruta colocando uno a uno los tomates de la caja que va a mostrar. Todo se inyecta con frío de jeringa. También los labios rojos de la chica de veinte que tiene el pelo recién planchado a las doce del mediodía.

Ahora que mi cuerpo es consuelo me pregunto qué será lo más importante para Hombre, el placer o el consuelo. Me digo que el sexo es, después de todo, una forma de consuelo. Que los consoladores no se llaman excitadores ni dispensadores electrónicos de placer. Claro que los consoladores los usamos las mujeres. Hombre preferirá porno, putas o muñecas hinchables. Porque Hombre es un hombre. Así que pienso también en lo que buscan los hombres cuando están dispuestos a todo por tener sexo, cuando están dispuestos a pagar por tener sexo. Qué busca un hombre cuando va de putas, qué buscará Hombre, mi hombre, entre las sábanas donde nunca jamás se asomó un hombre bueno, solo monstruos desconocidos, solo todos los demás. ¿Van los hombres de mis amigas de putas? ¿Fue mi padre? ¿Contratan mis compañeros de trabajo esa clase de servicios?

No es lo mismo el cuerpo de una mujer que el de una madre. Ya no podré jugar a las putas contigo, amor mío.

¿Has ido alguna vez tú? Dime, Hombre, ¿has siquiera fantaseado con la idea de pagar a una mujer por que use su cuerpo contigo? Espero que sí, porque si alguna vez has pagado por un consuelo que yo no te he dado, por fin puedes ahorrártelo. Porque, de hoy en adelante, no encontrarás en ningún otro lugar una mujer que te haga sentir más seguro, más a salvo, más sin miedo que la madre de tus hijos, que soy yo.

Las usen o no, a los hombres les excitan las putas. Les excita la idea de poder comprar su alivio. Yo pagaría muy caro por un placer así.

Es muy difícil sentirse dueña de un cuerpo permanentemente expuesto y disponible, un cuerpo que alimenta a demanda, que responde a demanda. Un cuerpo que es el objeto permanente de deseo del ser más indefenso de la tierra: el hijo, el recién nacido.

Mientras amamanto, mi fuerza es tan frágil como pueda llegar a serlo mi alimento. Luego está la fragilidad de H1. Y la fragilidad de H2. Y toda la ayuda que necesité cuando no la tuve. Y todas las fuerzas que perdí por el camino. Y todas las que gané. Todas las cosas son al mismo tiempo desde que soy madre. La realidad no ha vuelto a quedarse quieta, imposible seguir un discurso sin escuchar el eco de lo que calla. Me preocupa cómo afectará esto a mi escritura y qué clase de historia será esta que estoy robando al tiempo de su crianza. La escritura roba tiempo a la vida.

Es algo natural, amamantar. Cazar bisontes también lo fue, cazarlos descalzos y en taparrabos. Ahora que tenemos una hija no quiero comprar más filetes de ternera en el mercado. Quiero que Hombre se convierta en matarife y que alfombremos el salón con las pieles de los animales que acuchille, porque está en su naturaleza. ¿Te importaría hacerlo, Hombre? Sabes cómo hacerlo, ¿verdad? Lo harás muy bien, porque eres un hombre.

A mí en cambio los pechos se me llenaron de grietas, las dos veces, mientras oía la voz de algunas madres escandalizadas porque hombres sucios se fijaron en sus pechos mientras amamantaban en el metro o en el parque. Mujeres con pechos de verdad, desprecio de verdad y denuncia de verdad. Madres capaces de amamantar a niños que tienen dientes y palabra. Las envidio: yo nunca llegaré tan lejos con mis hijas. Hay una voz que asegura que no llego tan lejos porque no quiero a mis hijas tanto como esas otras madres. Es una voz que ni siquiera escucho aunque puedo jurar que me habla porque entiendo perfectamente lo que dice. Las mejores madres que yo aseguran que mis tetas son también «naturalmente para amamantar». No sé. Hubo un tiempo en que mis tetas sirvieron naturalmente para excitar. Para meter una polla en medio, para ser manoseadas, para llevar escote, para que hombres adultos las comieran, otra clase de alimento. ¿No sería también natural que alguien recordara este otro uso? Canalillo, pezón, teta, bolas, melones, cocos, pasitas, lolas, pechuga, manolas, mamellas, berzas, globos, bubis, domingas, perolas, ubres, delantera, brevas, ramonas… Todo eso se ha convertido ahora en un par de mamas. Las mamas sirven para lactar y para el cáncer. Haré lo que haga falta por recuperar mis tetas.

Hombre no soporta la naturalidad con que amamanto en cualquier parte, en un museo, en el parque, en el metro, en un restaurante. Nunca sabrá cuánto le deseo por eso. Él me exige que me cubra para hacerlo, que use un pañuelo, que no enseñe nada… Y yo digo que es algo supernatural y me escandalizo y denuncio y saco pecho mientras me echo un ridículo fular sobre el hombro. Agradezco que Hombre comprenda que mis pezones no solo son lo natural, también son mi artificio y mi sexo.

Lo natural es que los cuerpos nuevos busquen primeras veces. Lo natural es que ahora quiera entregar este cuerpo que no es el mío a otro que no es Hombre. Lo natural es que busque a algún desconocido que no conozca a ninguna de las mujeres que soy después de haber sido madre, uno capaz de devolverme a la mujer que fui. Un hombre que me alivie de la pena de haberme perdido. Un hombre que jamás entrará en nuestra casa.

H2 mama por última vez. Es nuestra última noche. «Cómetelo todo, amor mío, pero no devores a la mujer que te entrega el alimento.»

UnAmante

UnAmante está sentado en una terraza, esperándome, con su mentón de amante y su cuello de amante y su boca de amante. Tiene una boca jugosa. Es muy guapo, UnAmante. Hemos quedado para cenar, puede que solo para eso. Quizás sea suficiente.

Antes de llegar al postre, UnAmante, que es cariñoso, posa su mano sobre mi muslo y me hace saber que ese pedazo de carne es en realidad un muslo sobre el que cualquier hombre desearía posar su mano, que mis muslos de madre no son anodinos, que aún pueden ser una sorpresa o una bienvenida. UnAmante es padre, sabe que yo he sido madre, UnAmante también es un hombre desbordado y feliz: nunca abriría esa puerta a un desgraciado.

Hace muchísimo calor la noche que ceno con UnAmante, hace tanto calor que no tengo la menor intención de entregarme a ninguna posibilidad sudorosa, manoseada por el día y por la vida. Creo que prefiero dejarlo en una seductora conversación. Además, como cada una de las últimas mil ciento cuarenta y cinco noches, estoy agotada. Necesito desmayarme hasta mañana.

Desde que soy madre me apago cada noche independientemente de la oportunidad que tenga delante (una fiesta, una película o una conversación con Hombre), demasiada vida por delante como para no dormir. A lo mejor por eso estoy a punto de entrar en modo off aquí mismo, con UnAmante sentado en la silla de mimbre del restaurante, más despierto que yo, más centrado que yo.

—Este calor es terrible —dice—. Deberían poner duchas en los restaurantes. Estoy empapado.

—Es lo primero que haré cuando llegue a casa. Agua helada —respondo.

—O podríamos ducharnos juntos —sugiere.

—No sé, estoy realmente cansada. —Agradezco la invitación y me encantaría aceptarla. En el fondo, estamos aquí por eso, así que le doy explicaciones—: Es que tendría que ser sensual y complaciente contigo. Tendría que tener verdadero interés en ti. Y, en realidad, lo único que deseo es dormir. ¿A ti no te pasa?

UnAmante se ríe. Me gusta UnAmante porque no tengo que ser correcta ni educada a su lado, no es como si tuviera que engañar a un completo desconocido. En realidad, creo que eso me gusta de mí, de haber llegado hasta aquí. UnAmante es también un amigo. Nunca me he acostado con un completo desconocido. Así que no le molesta nada de lo que digo. Al contrario, le hace gracia. Y se ríe. Yo también me río. (La risa entre un hombre y una mujer es siempre el principio de otra cosa.)

—Sé de lo que me hablas. Sales un día a la calle y es como si el único sexo imaginable después de haber formado una familia fuera el de tu adolescencia. Nada nuevo por descubrir. Y da mucha pereza, te sientes muy viejo. Te dices que todavía eres joven. Y empieza a girar una rueda donde eres un maldito hámster —dice.

—Yo soy el hámster que huye a la madriguera.

—Estamos en la crisis de los cuarenta, nos hemos ganado eso. Podemos estar cansados, podemos llamarnos para cenar y podemos mandarnos a casa. Está todo bien. Solo que tú no eres un ratón.

—Y tampoco he cumplido los cuarenta.

—Pero eres una niña muy precoz.

—Cabrón.

—Yo me ofrezco a refrescarte un poco, nada más —continúa UnAmante—. A lo mejor te meto mano mientras tanto. O a lo mejor no. Puede que solo nos bebamos una copa de vino. O veamos una serie.

—Eso sería sin duda lo más sensato, pero me temo que sería demasiado íntimo. Llegados a este punto creo que, de alguna manera, tenemos la obligación de acostarnos esta noche y, precisamente por eso, es imposible que pase nada. ¿Solo siento yo este deber ser?

—Todos los padres y madres de familia lo sentimos, querida. —Y levanta su copa a mi salud antes de seguir—: Es como cuando consigues un buen trabajo, pero llega un momento en que te acomodas. Y deseas más que nada en el mundo que te llamen para una nueva entrevista, aun cuando no piensas, ni por un momento, dejar tu puesto.

—En el caso de las empresas, la innovación es obligatoria. Los mejores trabajadores son los que están en constante formación, en contacto con el mercado, los que conservan sus inquietudes.

—El matrimonio es, como toda empresa, una institución. Y debe ser tratada como tal. Sus miembros están obligados a reciclarse o la empresa se avejenta y pierde gracia.

UnAmante está desnudo. He elegido un buen amante. Es un poco más alto que Hombre, un poco más fuerte, manos más grandes, ojos más grandes. Todo un poco más grande. Aunque no es tan hombre como Hombre. No podría serlo, porque él es UnAmante.

Me riega bajo la ducha como a una planta seca, mi pelo tarda un buen rato en empaparse entero. Pero él es paciente. Espera un buen rato hasta que estoy completamente mojada. Comprueba con sus propias manos que todo está bien húmedo, que estoy lista. Entonces abre uno de los botes de la ducha del hotel. Huele a cítrico, a mandarina. Y comienza a lavarme suavemente: la espalda, los brazos, el cuello. Se agacha y se aplica a fondo con las piernas. Separa mis pies sobre el mármol y sube despacio, frotando un poco por detrás de la rodilla, su cabeza justo ahora entre mis rodillas. Un poco más arriba por fin, hasta que entra la lengua, otra humedad.

Creo que es una buena idea que me limpie también por dentro.

—Quiero una copa de vino —digo a UnAmante aún en la ducha.

—Mejor en la cama —responde sin prisa.

No va a ninguna parte, UnAmante. No quiere nada de mí, ninguno de los dos necesita un final para esta historia. Los dos vamos buscando lo contrario de un final: otra copa de vino.

El sexo con amor tiene otro propósito. El sexo con amor es arriesgado. Es dejar que el otro entre en ti hasta donde nadie ha llegado. Y que, una vez dentro, abra todas las ventanas. El sexo con amor es dejar que Hombre encuentre mis heridas y las suture. Es entrar también en todas las suyas. El sexo con amor no existe: es el amor a través del sexo lo que practicamos. Un sexo que nos une al otro, pero también nos ata a la tierra y a la vida. El sexo con amor nos ata. Por eso sentimos la tensión del amor como una cuerda de la que agarrarnos, aunque sabemos que, en alguna parte, una soga hecha con esa misma cuerda nos está esperando.

A pesar del peligro, me acuesto con Hombre una y mil veces. Y me agarro a su amor como a un clavo ardiendo. Porque está ardiendo. Y sé que me puedo quemar, sé que me puedo abrasar. Y aun así, no soltaría ese clavo por nada del mundo. Nadie lo hace. Nunca nos soltamos cuando encontramos esa llama, porque sentimos que ese fuego podría ser el resplandor que ilumine nuestra última noche.

UnAmante enciende la luz de la mesilla. Me coloca la copa de vino en una mano y el cigarrillo en la otra, hasta dejarme maniatada a mis vicios. Necesito la boca para beber y para fumar. Es decir, hago lo mismo que cada noche, pero con un amante entre las piernas. La boca de UnAmante es trabajadora. UnAmante sabe cómo abrir mis labios y cómo cerrar mi boca. UnAmante es paciente, es servicial; no hace alarde, no se envanece. Sospecho que san Pablo se acostó con UnAmante antes de escribir su Carta a los Corintios. No le cuento el chiste, pero sonrío.

La boca de UnAmante no tiene poesía, solo una bonita conversación. Nadie se atará ni se liberará ni arderá en ninguna hoguera esta noche. Sin embargo, las buenas conversaciones pueden ser la mejor tregua posible. Puede sorprenderte la luz naranja del amanecer, mientras simplemente continúas charlando, susurrando. Puedes darte la vuelta sobre la cama, bajo el enorme ventanal que sobrevuela Madrid, y decir: «Creo que hemos olvidado la parte de atrás». Y volver a empezar, otro principio. Y ser la amante de UnAmante también, un poco más tarde, antes de ir al trabajo. Un poco más despierta, más generosa. Y así hasta quedar completamente limpia y agradecida.

PARÉNTESIS

Han pasado ya seis meses desde mi larga noche con Un-
Amante cuando amanezco otro domingo en nuestra cama.
Soy, de nuevo, inmensamente feliz. Pero tengo las cosas más
claras y un solo deseo nubla el ambiente. Quiero que una
buena mujer se acerque a Hombre para darle una ducha y
limpiarle un poco del cansancio que mancha sus hombros.
Yo no soy capaz de borrar el rastro de todo lo que pesa,
porque sus cargas son también las mías, porque, después de
todo, yo soy Hombre.

Sin embargo, dudo que él sea tan responsable como yo
con nuestra común empresa, Hombre es muy suyo para
esas cosas. Pero, por suerte para los dos, yo siempre acabo
haciendo lo que debo. Y, gracias a eso, esta mañana de domingo es dulce y pacífica para nosotros. Simplemente estamos aquí, juntos. Y soy capaz de no viajar a ninguna otra
parte porque quiero quedarme para siempre en nuestra
casa. La luz entra por las rendijas de la persiana de esa forma
pacífica en que algunos días llega la luz.

Miro a Hombre y comprendo que es imposible crecer
juntos sin que crezca también un extraño para el otro en
nuestra cama.

¿NOS HACEMOS UN SELFI?

H1 está en el salón, sentada en el suelo del balcón. Los bracitos cruzados sobre el regazo, la cabeza entre las piernas, patalea de vez en cuando y gira la cabeza de un lado a otro. No, no, no, no, no.

—¿Estás enfadada? —pregunto.

—No. Estoy trriiii-rris-te —responde, alargando las vocales.

H1 no distingue entre el enfado y la tristeza. Y a mí me hace pensar en las supuestas diferencias.

Esta tarde estamos jugando en el suelo de su habitación. H2 está sentada a su lado. Hemos sacado de sus bolsas todas las piezas de las construcciones y hemos mezclado, cosa insólita, las de plástico con las de madera.

—Mamá, ¿qué es más? ¿Un día entero o hasta que pase la primavera? —pregunta.

H1 no distingue entre un día entero y hasta que pase la primavera. Y a mí me hace pensar en las supuestas diferencias.

Lo más difícil de tratar con niños es vivir en su mundo, llegar a pasar un día entero juntos en su mundo, abrazar su corazón. Muchas veces, la primavera pasa sin que ese día de encuentro haya siquiera atardecido. Yo llevo todo el fin de semana intentándolo, tratando de habitar ese espacio, buscando la manera de abrir una puerta hacia ese territorio sagrado que es la infancia y donde, de vez en cuando, se cuela algún adulto para hacerles compañía.

No estoy hablando de estar con ellas, cuidarlas u obedecerlas. Me refiero a ser con ellas, a uno de esos días, a uno de esos ratos.

Los niños viven en el tiempo de la disolución y están deseando que vayamos a disolvernos con ellos, pero es complicado. Jugar con mis hijas es para mí un ejercicio tan exigente, desde el punto de vista de la concentración, como la clase semanal de yoga donde nunca doy la talla. Mi profesora intenta que, al menos durante sesenta minutos, el horizonte interior se amplíe y arrincone en la puerta de entrada todo lo que está fuera y no es presente, intenta derrumbar las fronteras entre el yo y el exterior. Mis hijas, sencillamente, no conocen esa barrera. Ellas viven sin la frontera del ego sobre los ojos.

Creo que es por eso que jugar con ellas es para mí una forma de meditación. No hay maestro ni clase guiada que esté a su altura. Estoy hablando de jugar de verdad, que es lo que intento precisamente ahora. Digo poner un cubo rojo sobre el verde, posar el triángulo rosa encima, contemplarlo unos segundos. Y hacerlo caer. Ahora, poner un cubo verde sobre el triángulo rosa, acercar el triángulo morado a la figura, buscar el cubo rojo y, antes de encontrarlo, hacerlo caer. Colocar los rectángulos naranjas uno sobre otro, esta vez solo los naranjas, para llegar a lo más alto que los rectángulos naranjas puedan llegar. Y esperar.

En el budismo no hay atención plena sin compasión. Se entiende que el entrenamiento de la atención va a la par que el de la bondad amorosa. De modo que la disolución no consiste en disolverse en uno mismo, pasar de todo o poner «la dichosa mente en blanco».

Al contrario, en sánscrito existe una palabra para denominar esta clase de entrenamiento de la atención: karuna. Esa es la atención apasionada que necesita un niño para crecer, pero requiere determinación, rigor, mente abierta y un cierto estado de conciencia que es absolutamente incompatible con el ritmo de mis días y de mi vida. En este momento, por ejemplo, estoy pensando todo esto mientras trato de concentrarme en cada una de las piezas de construcción con la misma atención con que lo hacen ellas, igual que cuando en clase de yoga mi profesora exige que centre toda mi energía y mi atención en la punta del dedo índice de mi pie izquierdo. Y me dice que sienta agradecimiento por ese dedo y por ese pie y así poco a poco con cada una de las partes de mi cuerpo. Nunca consigo hacer una vuelta entera (pie, tobillo, rodilla, cadera, pubis, cintura, pecho, hombros, cabeza, nariz…) sin pararme a pensar en mis cosas. Lo mismo que ahora, que me resulta imposible estar aquí del todo, como si no hubiera exterior ni interior, como si no hubiera un yo gritando aquí dentro, como si no existiera un mañana ni una cocina ni, por supuesto, una puerta de la calle. Y desde ahí, dar las gracias.

¿Qué es más? ¿Un día entero o hasta que pase la primavera?

Pero sucede que no lo consigo, que no soy capaz. Así que en vez de concentrarme en lo que debo, dejo que mi brazo actúe, que haga lo que le venga en gana y observo cómo conduce mi mano hasta el objeto que he colocado a mi espalda, donde ellas no pueden verlo. Y, sin ninguna premeditación, mi mano agarra el teléfono móvil y hace una foto de lo que está pasando. Esto es algo que me sucede a menudo cuando estoy con ellas: hago fotos y más fotos de un momento que se me escapa.

H2 acaba de coger el cubo rojo y lo coloca en la cúspide de una torre que se desmoronará sola, sin que nadie la haga caer. Ya veo cómo se tambalea. Justo entonces consigo hacer clic y capturar la imagen que envío inmediatamente a MiMadre, con un solo mensaje: «Constructoras».

Las instantáneas se han convertido para mí en sustitutas del instante. Tengo colapsada la memoria del móvil a base de abarrotarla de estos momentos que no logro poseer y que jamás vuelvo a mirar. Solo de vez en cuando pienso en que debería hacer un álbum o un vídeo con todos ellos. Estas fotos son una especie de prueba de vida, la constatación de que mis hijas son mías y que tienen realmente toda mi atención. A lo mejor es por eso que voy a subir su foto a Facebook. Una donde no se le vea la cara, solo su manita sobre el cubo rojo con la misma explicación que comparto con MiMadre: #constructoras. Pero ¿qué es exactamente lo que estamos construyendo?

Las fotos, las redes sociales, la sobrepresencia de los niños en las redes sociales, la sobreexposición del amor de los padres por los niños por todas partes es la manera en que nos decimos a nosotros mismos, en que me digo a mí misma, que este presente es nuestro, que todo va bien. Hay algo que es incompatible con el amor en todo esto, en esta forma de quererlas, digo. Captar el instante, etiquetar el instante, compartirlo, mencionar a todos los implicados… Una nueva forma de presente que es enemiga de la atención al mismo presente que se celebra. El cubo rojo que H2 acaba de poner en la cúspide de la torre naranja ha caído rodando.

Vivimos en el tiempo de los selfis, de las listas, de los calendarios, de los likes de Instagram y del interés. Toneladas de tiempo empleado en hacer las cosas peor de lo que podríamos llegar a hacerlas, si tuviéramos un poco más de tiempo.

No queda en pie ninguna torre, están todas desmoronadas y componen un cementerio de colores sobre la alfombra. Creo que ha llegado el momento de recoger… Es hora de empezar con el baño, la cena, dientes, pis, cuento, pesadilla, caricias…

Mientras Hombre las desnuda y prepara la bañera, yo voy recogiendo los restos del naufragio por toda la casa.

Hay algo triste en ver todos los juguetes desperdigados por el suelo después de una tarde de juegos. Tienen una manera muy particular de quedarse quietos los juguetes, como si se sintieran muy solos, petrificados por el abandono. De alguna manera, me recuerdan a la tristeza superficial de cuando los colegas se emborrachaban en nuestra casa, hace ya algunos años, y terminaban desperdigados aquí o allí, desvalidos después de tanta diversión, dormidos en el sofá o vomitando en el baño. Puede que la misma tristeza que siento yo ahora, vomitando en el aseo mientras ellas chapotean en el baño de al lado. Porque mientras expulso hasta la última bilis comprendo que aunque el amor pueda llegar a multiplicarse con cada hijo, la atención a los hijos es incapaz de dividirse. Querer a los hijos no significa estar con ellos y estar con ellos no implica necesariamente habitar su espacio. Mientras lo pienso, vomito un poco más.

EXAMEN TIPO TEST

Mis hijas ya eran mayores cuando pensé que me moría. H1 tenía cinco años y H2 dos y medio, las dos habían superado ya la guardería, las dos iban al colegio. Había conseguido criar a dos niñas mayores pero entonces pensé que me moría. Era evidente que algo no iba bien. Mi cuerpo no estaba donde debía.

Decidí comprar un test de embarazo solo para no tener que contar mi vida al médico de cabecera. Sabía perfectamente lo que era una náusea y sabía perfectamente que esa náusea era imposible para mí. Después del test pensaba ir al ginecólogo: ni una revisión desde que nació H2. De todas formas, no podía evitar hacer cuentas: «¿Hace cuánto tuve la regla? Hace poco. ¿Cuánto es poco? ¿Tres meses? ¿Dos?». No tenía ni la menor idea de cuándo fue mi última regla. Sería como preguntarle a Hombre cuándo tuvo la maldita regla. Por lo demás, daba igual, siempre había dado igual. Porque siempre he sido estéril. Diez años de sexo sobre tierra seca. Por eso era tan absurdo lo del test. Por eso Hombre no lo sabía. Por eso esperé una semana entera a pesar de los vómitos, habría parecido una loca si llego a sugerir a Hombre ir a una farmacia. Estaba segura de tener una enfermedad. Empecé pensando en falta de hierro, después en estrés y, definitivamente, en algo peor. Como si en algún momento hubiera subido en un barco del que me era imposible bajar. La náusea permanente, el cuerpo dado la vuelta, la tristeza invadiendo los glóbulos rojos. O algo peor. Estaba claro que tenía que hacerme una analítica. Pero preferí hacerme el test antes de empezar un periplo clínico con preguntas predecibles. Tenía que hacerlo porque alguien podría pensar que mi cuerpo ya engendró antes. Pero no. Lo único evidente era que mi cuerpo estaba siendo invadido de toda esa desgana y todo ese cansancio gris como el cáncer. O algo peor.

Un café y una tostada de pan con tomate, fue lo que pedí antes de pasar al servicio de la cafetería atestada de trabajadores a primera hora. No había terminado de hacer pis cuando las dos rayas ya estaban pintadas. Y ese nudo en la garganta que nunca tuve. Esos 15, 20, 25, 34, 39, 41 años que no querían recibir lo que ya había llegado. He mirado tantos malditos test a lo largo de mi vida, he visto durante cientos de segundos alargados cómo esa segunda raya no aparecía. Y con la orina aún cayendo en la taza del váter del baño público de azulejos marrones, con el pestillo echado, allí estaban las dos. Firmes y rosas, tan intensas, casi moradas.

El café estaba ardiendo en la barra cuando salí, como si no hubiera pasado nada.

—No me prepares la tostada, por favor. Solo tomaré el café —expliqué a la camarera.

«¿Hace cuánto tuve la regla? Hace poco. ¿Cuánto es poco?»

La camarera me cobró el café y me devolvió diez céntimos de euro al mismo tiempo que yo comprendía lo que estaba a punto de pasar. Porque iba a pasar que, contra todo pronóstico, iba a desear, iba a atreverme, iba a tener un tercer hijo inesperado. Iba a pasar que Hombre iba a querer seguir adelante aunque yo me negara. Por supuesto, no iba a ser una de esas decisiones que se toman racionalmente porque no hay ninguna decisión racional que no lleve un disfraz o una mentira sobre la cabeza. Pero, pese a todo, iba a pasar. Y mucho tiempo después, iba a reírme contando la historia de la cafetería a una amiga con un nuevo bebé en mis brazos. Pero mi corazón era una piedra sobre la barra del bar. Y lo que de verdad pasó fue que me bebí el café. Y que celebré una llegada. Y que, inmediatamente después, elegí una despedida.

PEDRO Y EL LOBO

Esta tarde, H1 representa con su escuela de ballet la obra de Serguéi Prokófiev *Pedro y el lobo*. SuCuidadora y yo estamos sentadas en las butacas de terciopelo rojo de un teatro del centro de Madrid que la escuela ha alquilado para el evento. Las entradas cuestan siete euros por persona y el teatro está abarrotado de tíos, abuelos y demás familia de cada bailarina. Hay solo dos niños que bailan ballet y más de cien niñas. Hombre no ha venido. Ha dicho que tenía una reunión inaplazable, pero lo cierto es que no quiere estar aquí.

—A los cinco años no existe ninguna razón para actuar más allá de la escuela de tu barrio. ¡Ni que fueran de la Compañía Nacional! Para bailar delante de un auditorio así hay que ganárselo y no entiendo por qué quitan a mi hija ese derecho. Estamos criando un ejército de narcisos —protestó cuando le expliqué el evento.

SuCuidadora, en cambio, está muy contenta con la función. Ella es quien ha trenzado el pelo de H1 todos los martes y jueves de ballet para recogerlo en un moño perfecto. Ella sabe cómo le gusta a H1 que le suban las medias, despacio, sin dar pellizcos en la carne. Ella cosió una noche las gomas rosas de lado a lado de las diminutas bailarinas de H1 para que no se escaparan de sus piececitos cada dos por tres.

—Mamá, tú no, que me haces daño —ha dicho en el vestuario cuando intentaba subirle las medias, con su boca roja de bailarina profesional.

No sé por qué, las profesoras han decidido maquillarlas.

Es SuCuidadora quien fue andando, la semana pasada, hasta la tienda de la calle Arenal a recoger el maillot negro que H1 está a punto de estrenar. Ella es quien ha comprado las entradas en la fila dos y ella es, por supuesto, quien me dice lo que está a punto de pasar.

–La profesora de H1 hará de gato. Las de las otras clases hacen de pato y de pájaro y un bailarín profesional será el lobo. El único niño de la clase de H1 será Pedro. Y las niñas irán por detrás vestidas de cada animal haciendo el mismo baile que sus maestras. Pero los gatos salen al final –explica.

Y así entiendo por qué H1, que es gato, no está aún en el escenario.

SuCuidadora vive a un océano de distancia de su tierra y su familia. Tiene solo cuatro años más que yo y dos hijos bastante mayores que las mías, uno de ocho y otro de dieciocho. SuCuidadora tuvo que decir adiós a sus hijos cuando tenían dos y doce años en el aeropuerto de Cochabamba, Bolivia, el día que no tuvo más remedio que venir a España a cuidar a los hijos de otras mujeres. Tardaría tres años en volver a ver a los suyos, solo durante un mes, solo en sus vacaciones. Desde hace cuatro va todas las navidades a visitarlos y cuando vuelve a nuestra casa tarda entre veinte y cuarenta días en acomodar a la normalidad el gesto y el habla. Es una presencia en nuestra cocina recién llegada de una experiencia cercana a la muerte. SuCuidadora ha visto muchas veces esa luz al final del túnel y ha decidido en todos los casos resucitar, dar un paso más, empanar los filetes y secar el pelo de H2 mientras yo pongo el pijama a H1. Fuera de esos días, SuCuidadora siempre está tranquila, siempre sonríe, siempre llega donde Hombre y yo no alcanzamos, siempre tiene tiempo para ellas. Las estamos criando entre los tres. Porque como he elegido ser una madre trabajadora, solo queda de mí media mujer para nuestra casa, puede incluso que algo menos. Por eso hace falta sumar otra mujer completa a nuestra familia, ocho horas de lunes a viernes de hembra extra. En los casos en los que es el hombre de la pareja quien trabaja fuera de casa, nunca hace falta sumar otro macho para que complete las labores familiares del padre trabajador. De hecho, no importa cuánto trabaje un hombre, cuánto dinero llegue a ganar o cuánto tiempo pase fuera, nunca se mete otro hombre en casa. Con nosotras sí. Cada vez que se consolida una directiva en España se rompe un techo de cristal. Y, al mismo tiempo, se da de alta en la Seguridad Social a otra mujer (recién llegada de un país o de un barrio más pobre) para realizar las tareas domésticas de las que la profesional se habrá librado para siempre, como yo. O para colaborar en la crianza de los hijos de la profesional liberada, como pasa con mis hijas. O simplemente para que haya otro adulto en casa con quien Hombre pueda hablar, como SuCuidadora, que siempre está. Entre semana comen todos juntos en mi cocina.

Sobre el escenario, Pedro, un niño moreno y algo gordo, de unos ocho años, acaba de salir de la casa donde vive con su abuelo en un claro del bosque. Ha dejado abierta la puerta del jardín y está charlando con un pájaro mientras un pato ve la puerta abierta y decide salir a nadar al estanque cercano. El pájaro y el pato son las profesoras, bailarinas profesionales capaces de controlar cada palmo de su cuerpo con belleza animal. Ahora el escenario se ha llenado de patitos, pequeñas de cuatro o cinco años que agitan sus bracitos llenos de plumas amarillas. Y aparece también, entre grandes zancadas, una enorme bandada de pájaros negros, niñas más mayores, vestidas con un mono de licra y una cresta roja recorriendo su cabeza. Llevan todas un pico de plástico negro sobre la boca.

Los padres, madres, abuelos y demás familia que abarrotan la sala fotografían cada movimiento en la oscuridad, aun sabiendo que el resultado será necesariamente borroso.

Eso a pesar de que la escuela ya ha informado de que el próximo martes pondrán a la venta un DVD con el vídeo del evento en alta calidad para que todos podamos conservar este recuerdo. Los mejor preparados llevan cámaras de vídeo, algunas de aspecto bastante profesional. En los pasillos hay varios trípodes desplegados y muchas madres se arrodillan en primera fila con la cámara de sus teléfonos encendida y su atención clavada en la pantalla. No se sabe qué es más importante: ver a nuestras hijas, grabar su actuación o hacerles sentir sobre cada uno de sus músculos toda esta tensión cargada de expectativas que, por alguna razón, tanto nos excita.

En el caso de las madres nuestra excitación es, a menudo, excesiva. La mía, desde luego, no está justificada. Como si hubiera una línea que no está escrita en el relato. O como si mis hijas fueran, secretamente, inconscientemente, mi proyecto de vida, qué vergüenza. Como si una parte de mí estuviera preparada para seguirlas de rodillas y hacerles fotos con el móvil, fuera de foco, allá donde decidan ir. Pero, como son mi proyecto, sospecho que elegirán bien. Y algo de mí, la parte más enferma sin duda, llega a pensar (sin admitirlo nunca, claro está) que, si yo lo hago bien, entonces ellas elegirán bien. Así que las veré recoger diplomas y medallas, las veré enamorarse de buenas personas, las llegaré a ver en enormes orlas, las ayudaré a elegir modelo para cada carnaval, baile, concierto o graduación, las aplaudiré en eternos desfiles, las animaré y las apoyaré tantas veces como haga falta hasta extraer de ellas la figura más perfecta de todas las posibles que llevaran dentro. Exactamente igual que el mejor escultor trepana el mármol, así trepanaré yo su espíritu y su alma. Qué mal rollo.

Hay una parte en cualquier cuento de hadas donde se pone en duda a quién obedece el protagonista, al ideal de sí mismo o al deber ser (familiar, social, cultural…). Ese deber ser, que siempre coincide con una renuncia de los propios deseos, es a lo que a veces creo que entrenamos las madres. Ese deber ser que acaba convirtiendo los deseos de nuestros hijos en aquello que la sociedad necesita. Ese deber ser que odio también en mí cuando me convierto en otra madre emocionada en un espectáculo infantil, por ejemplo.

Lo malo es que, no importa cómo de hermosa sea la figura que se haya creado, antes o después mis hijas decidirán destruirla para ser las únicas dueñas de su destino. ¿Qué otra cosa podrían hacer? Y cuando lo consigan, si es que lo consiguen, una vez ya lisiado su deseo por culpa mía, vivirán el resto de su vida con un rencor agazapado hacia mí, criado como una rata en el hueco de una escalera. Jamás me perdonarán haber intentado firmar una obra que en realidad no es la mía. Los derechos de autor siempre han sido un tema delicado.

A lo mejor por eso quiero decir a SuCuidadora que esto nunca va a pasarle a ella. Que la admiro profundamente por haber sido capaz de no tratar a sus hijos como a un subproducto de su creación sino como a auténticos seres humanos. Podemos separarnos de las personas que amamos, pero no de nuestros proyectos de vida. Por eso, ninguna de las madres que hemos pagado siete euros por cada entrada podemos entender, en el fondo de nuestro corazón, a SuCuidadora. La vida y las circunstancias explican algunas cosas, la emoción desmedida y todos los focos que hay encendidos en este momento explican otras.

Los pájaros han empezado a discutir con los patos, pero no entiendo qué demonios se intentan decir. Entonces el gato de Pedro sale sigiloso intentando atrapar a las aves. Es la profesora de H1, por fin, y Pedro les aconseja que se pongan a salvo.

Un pellizco en la tripa anuncia la llegada de mi hija al escenario. Respiro unas cuantas veces y hago verdaderos esfuerzos para no sacar el móvil, para no grabar, para no sentir esta emoción, para no ponerme ñoña. Es como si existiera una confabulación para favorecer la llegada de una raza de seres humanos ultrasensibles y ultrapreparados. Una legión de narcisos, según Hombre, listos únicamente para enchufarse a un móvil. Lactancia exclusiva primero y a demanda hasta los tres, colecho mientras dure, pañales de tela, metodología Waldorf o Montessori, matronatación, clases de música y movimiento desde los dos años, teatro, comida bio o eco o vegana, flashes, focos, teatros con butacas rojas a los cinco... Una cosa es tener un hijo, como SuCuidadora, y otra es conseguir la confirmación exterior de que ha merecido la pena tener ese hijo. A veces creo que todos mis esfuerzos y emociones deberían ir dirigidos a una sola cosa: garantizar a mis hijas la oportunidad de fracasar. «Todo español tiene derecho al fracaso», así lo dejó escrito Juan Benet en su Constitución española de un solo artículo. Y, aunque es una afirmación muy masculina, es un aro por el que aún no hemos aprendido a pasar las madres.

H2, que todo este tiempo ha estado sentada en mis rodillas prestando atención a la escena, señala ahora a su hermana en el escenario y da botes sobre mis rodillas. Ella también siente lo importante que es todo esto.

—Sí, es ella —confirmo—. H1 es un gatito bailarín.

En el vestuario les han pintado bigotes y les han colocado unas diademas con dos orejitas puntiagudas. Llevan una cola larga y negra cosida al maillot. H1 se lame ahora el dorso de la mano con gesto felino. Es increíblemente hermosa, tan pequeña y vulnerable. Ahora da saltitos de un lado a otro con su manada mientras el pájaro vuela a un árbol y el pato nada al centro del estanque.

Llega el abuelo y regaña a Pedro por estar en el prado, y le advierte de que puede llegar el lobo del bosque. Pedro asegura que no tiene miedo, que es muy valiente y que puede atrapar al lobo, o eso es lo que entiendo de sus gestos. El abuelo lo mete en la casa de la oreja y cierra la puerta. Poco después, un bellísimo bailarín de metro ochenta de altura y un torso descubierto y feroz entra en escena. Entonces la profesora gato y la profesora pájaro se ponen a salvo en un árbol de madera. Y la profesora pato queda frente a frente con el lobo. Mientras tanto, todas las bailarinas los rodean para contemplar con veneración la danza final de sus profesores en la que, ante la atenta mirada del auditorio, el lobo atrapará al pato y se lo comerá. Pedro, el niño gordo, presencia la escena mirando a través de una ranura de la puerta, al mismo tiempo que H2 mira a través de la rendija que se abre entre los dedos de sus manos, que tiene ahora pegadas a la cara ante la fatalidad de la escena. SuCuidadora ríe como una niña. Le hace verdadera gracia todo lo que está pasando allá arriba. Ahora todos corretean por el escenario repitiendo la escena de sus maestros, cada lobo con su pato. Las plumas alborotadas de los patos atacados por los lobos grises, las colas danzarinas, todos estos patitos devorados, todos los gatitos subidos a pequeñas sillas convertidas en frondosos árboles gracias a las ramas de cartón que brotan de los respaldos. Las bailarinas corren de un lado a otro, intentado imitar los gestos de sus profesores, buscando a sus padres en la oscuridad del patio de butacas. H1 no mira al público, está concentrada como un samurái. En este momento creo que nadie podría convencerla de que no es un gato. Y justo cuando el gran lobo gris se queda con una pluma de pato en la boca y brinda un feroz zarpazo al público, rompo a llorar mientras SuCuidadora aplaude y vitorea a las niñas, muerta de risa.

La infancia es la mezcla perfecta de dos ingredientes contradictorios: el poder absoluto y la fragilidad máxima. Son tan evidentemente frágiles los niños que no dejamos de hacerles ver, una y otra vez, todo su poder. En eso consiste ser padres. Porque de ellos es un mundo que no cabe en sus manos. Por eso los niños necesitan el manga y los Power Rangers y Superwoman y *Los Goonies* y *Stranger*

Things. Para recordarles siempre que dentro de cada niño palpita un gran poder. Y de la mezcla de ambas propiedades nace el sentimiento, casi diría el estado del alma, que la infancia posa sobre todos los seres humanos que han tenido infancia. La ambivalencia es el sentimiento que nos hace crecer.

Por todo eso que ahora mismo no tiene palabras es por lo que no puedo dejar de llorar cuando veo a todas esas niñas sobre el escenario, tan poderosas, reinas auténticas de la fiesta, de todas las fiestas. Hacen pequeñas reverencias al público y se sienten realmente fuertes, pero yo no puedo evitar llorar por toda su fragilidad, por todo lo que está por venir, por todas las veces que les harán daño. Por lo difícil que será recordarles también que son frágiles después de semejante espectáculo. Lloro porque para robar la infancia a un niño basta con anular uno de los dos atributos. Un niño soldado no tiene infancia, una niña mimada tampoco. Ambivalencia. A veces creo que hemos renunciado a criar niños. Solo queremos jóvenes dioses, seres poderosos y magníficos.

No robaré la infancia a mis hijas, eso lo prometo. Escríbelo cien veces más, exijo sin moverme de la silla. Rezo para que no enciendan la luz porque SuCuidadora va a alucinar si me encuentra en este mar de lágrimas. Creo que no va a entender nada. No robaré la infancia a mis hijas. No robaré la infancia a mis hijas. No robaré la infancia a mis hijas. Ambivalencia. Soy una niña llorando en el patio de butacas. Estoy embarazada y soy el ser más frágil y poderoso de la tierra. Lloro por la niña que soy yo. Y por el lobo. Y por el pato. Menos mal que a H1 le ha tocado ser gato, suspiro. Y me seco las lágrimas para correr a abrazarla.

INTERRUPCIÓN

La primera decisión que tomé después de abortar al que hubiera sido mi tercer hijo fue pintarme la raya del ojo arriba en vez de abajo. Cuarenta años e incapaz de pintarme la dichosa raya en el párpado móvil ni con eye-liner tradicional ni mucho menos de gel. No eres mujer del todo si no eres capaz de hacerte la raya.

Me están haciendo muchas preguntas en la clínica. Preguntas que se me pegarán a la nuca.

—¿Usa usted algún método anticonceptivo?

—No.

—¿Alguien la está obligando a tomar esta decisión?

—No.

—¿Su pareja la apoyaría si decidiera seguir adelante con este embarazo?

—Sí.

—¿Tiene usted hijos?

—Sí.

—¿Edades?

—Cinco y dos y medio.

—¿Estado civil?

—Casada.

—¿Abortos anteriores?

—No.

—¿Tendría recursos para mantener a este hijo?

—Sí.

—¿Duerme bien desde que sabe que está embarazada?

—Sí.

—¿Cómo se imagina que sería tener este bebé?

—He perdido varios embriones implantados en tratamientos in vitro. Es clínicamente prematuro hablar de un bebé con seis semanas de gestación, doctora. No hay ningún bebé.

—¿Es capaz de imaginarse cómo sería su vida con tres hijos en caso de llevar este embarazo a término?

No respondo a esta. Me cuesta imaginar cómo sería criar un hijo que no quiero tener. Creo que esa es la razón por la que estoy aquí, que no estoy dispuesta a imaginarlo.

—¿Está su pareja de acuerdo con esta decisión?

—Sí.

Él está de acuerdo pero le pido que se quede en la sala de espera dado que su opinión no importa en absoluto para el informe que la psiquiatra debe preparar. Es preciso que acredite que tomo libre y conscientemente esta decisión antes de proceder a la intervención. Es una evaluación sobre la voluntad de la mujer. Él tiene voz pero no voto. Al menos no en esta sala. Otras parejas han pasado juntas, como si tomaran la decisión entre los dos cuando ambos saben que no es así. A Hombre le pido que me espere fuera. Puede que los hijos sean de los dos pero los abortos son exclusivamente de las madres. El derecho es solo nuestro, no hace falta un padre para abortar. Así que no importa a quién llevemos al lado, siempre abortamos solas. Esa es la razón por la que he pedido a Hombre que venga. Por lo terriblemente sola que voy a sentirme. Hombre lo sabe. Y se queda quieto. Callado. Firme y ruinoso como una columna dórica: algo donde agarrarme perfectamente listo para romperse. Solo tengo que apretar. Pero no aprieto.

No me mira ni me da la mano, ni pone caritas tristes como el chico de treinta y muy pocos de las deportivas

New Balance falsas, donde la N está rota por la mitad como si fuera la Z del Zorro. Acaricia el pelo a una mujer que también va a abortar con esas zapatillas en sus pies. Me parece que su gesto imita también algún otro gesto, algo que vio en alguna película. Me pone muy triste esa pareja.

Somos muchas en la clínica la mañana de mi aborto: al menos diez en la sala de espera durante la media hora que estoy allí dentro. Pero la clínica trabaja todo el día, sin descanso. Cada año abortamos entre noventa mil y cien mil mujeres en España. El 90 por ciento de estos abortos se realizan debido a la voluntad explícita de la futura madre. El 10 por ciento restante se debe a riesgos graves para la salud de la mujer o el feto. La cuarta parte de todos los embarazos del mundo se abortan. Somos muchas, no sé por qué nos sentimos tan solas.

La psiquiatra da luz verde a mi testimonio. Si no lo hubiera hecho, entonces tendría que haberme llevado a casa un montón de documentación sobre lo que supone abortar, sobre ayudas económicas para criar hijos y cosas así. Y tres días después de recibir esa carpeta informativa habría podido abortar sin evaluación psiquiátrica. Así lo dice la ley.

Firmo todos los documentos que darán paso a la intervención. Y me digo que cuando todo termine voy a comer. Un pincho de tortilla y una Coca-Cola, por ejemplo. Llevo catorce horas sin comer debido al protocolo médico.

En la habitación donde me hacen esperar para la intervención hay otra mujer. Es extranjera y gime suavemente. La intervención cuesta 354 euros con anestesia local y 454 con sedación profunda, una clase de anestesia general que no requiere entubar a la paciente. En la opción más cara, la mujer mantiene en todo momento su propia respiración. Pero disfruta de las ventajas propias de la anestesia general: analgesia, adormecimiento y, lo más importante, amnesia o eliminación del recuerdo de lo sucedido mientras está sedada. Elijo la más cara y sé que no me dolerá. Seis semanas de gestación. Un abrir y cerrar de ojos. Aquí se practican abortos hasta la semana veintidós. Pero más que al dolor tememos al recuerdo. Por suerte, he pagado por el extra de la amnesia.

Siempre había defendido el derecho al aborto para otras mujeres. Había peleado por su derecho, me había manifestado por su derecho, había firmado por su derecho, había comprado camisetas moradas por ese derecho. Era un derecho que las otras mujeres merecían y necesitaban. Abortar era algo que yo, sencillamente, nunca tendría que hacer. Y era algo que de hecho no haría jamás. Porque yo comprendía mejor que cualquier otra el milagro que supone engendrar, porque yo había escuchado el corazón de una ballena palpitando en mi vientre. Sabía que jamás lo haría. NUNCA, nunca, nunca apagaría ese latido. Pero, de pronto, violentamente, una vida se abría paso avanzando contra mí, dispuesta a vivir a pesar de mí, decidida a nacer sin permiso ni deseo. Y un dolor en el pecho y aquel calor y aquella forma de estar embarazada en una cafetería un lunes por la mañana sin poder imaginar nada peor y nada mejor. Porque sabía que mi embarazo era bueno. Y sabía muy bien la clase de mujer que yo era.

La enfermera me pide que me desnude completamente y me siente en la camilla con una de esas humillantes batas que dejan el culo al aire. A continuación, me saca sangre. Antes de irse señala tres gotas rojas sobre la sábana donde estoy sentada y me explica que han saltado durante la extracción.

—Tranquila, la sangre de la camilla es tuya —dice—. Enseguida pasan a buscarte.

El sitio es viejo, pero todo está limpio, aunque flota en el aire la sensación de que podría no estarlo. Muchas de las auxiliares son extranjeras, al igual que las pacientes. La que me toca es rubia y de ojos azules. En la página web de la clínica aseguran que atienden en cualquier idioma a las pacientes. No tengo reloj pero paso mucho tiempo en esta camilla. Tengo frío.

Hace rato que no puedo ver a la otra mujer de la habitación porque han corrido unas cortinas de plástico entre las dos.

Creo que ya se la han llevado. Hace rato que no la oigo gemir ni respirar.

Las cortinas, sin embargo, siguen delante de mí, como si hubiera algo de lo que separarme o esconderme. Son blancas pero tienen letras grises escritas, muchas letras para conseguir el efecto visual de que la cortina es una gran sopa de letras. En realidad son cortinas de ducha, algo impropio para este lugar: son cortinas de piso de estudiante. En la enorme sopa de letras que me separa del resto de las mujeres hay cuatro palabras formadas y redondeadas con trazo grueso. Taxi. Hotel. Spot. Bonita. Palabras que se convierten en mármol ante mis ojos, un mensaje en clave. Las únicas palabras que llevarme a la boca en un momento así.

Después de la intervención no sabemos qué hacer. No estamos demasiado afectados, no somos esa clase de gente. Queremos arrojar el primer puñado de vida sobre este momento, enterrarlo con el peso de lo cotidiano. Pero aún faltan dos horas para recoger a las niñas en el colegio. No tenemos ningún sitio adonde ir en esta imprevista mañana laborable de Madrid, una ciudad donde nadie deambula, donde todo el mundo va a algún sitio y va deprisa, porque todo el mundo lo tiene todo muy claro. Creo que esa es la razón por la que siempre he querido vivir aquí: para tener un lugar al que ir corriendo todos los días, todas las horas, para no tener que deambular nunca más.

Hombre dice que le gustaría comprarse un chaleco. Han empezado las rebajas. Vamos a un centro comercial cerca del colegio. Hay tantas luces, tanta gente, tantas escaleras mecánicas que suben y bajan, tan pocas ventanas. Me he puesto una compresa, no sé si ya he empezado a sangrar. No duele, solo pincha de vez en cuando, suavemente. Dudo si es una sombra de dolor o de culpa pero es una sombra que no se irá en el próximo mes. Es una sombra que se irá solo de paseo. Una sombra como la de Peter Pan, que me mirará de frente cada vez que salga a su encuentro.

EL DÍA DE LA MADRE

Hay una mujer dentro de una cueva, esa imagen es de las pocas que tengo claras. La mujer está cuidando de muchas crías, de todas las crías. Las criaturas son ruidosas y están, en su mayoría, sentadas y atadas con los cinco puntos de sujeción del arnés de sus tronas. También hay algún bebé en su carrito de paseo (los más tranquilos) y los más chiquitines asoman las manos a través de los barrotes de sus cunas. Todas las crías están atadas o colocadas de tal forma que únicamente pueden mirar a la pared del fondo de la gruta. Justo detrás de ellas, hay un muro con un pasillo y, a continuación, una hoguera y la entrada de la cueva que da al exterior. Por el pasillo circula la mujer (juraría que es la madre de todos) día y noche portando todo tipo de objetos cuyas sombras, gracias a la iluminación de la hoguera, se proyectan en la pared para que los críos las vean.

De vez en cuando, muy de vez en cuando, la mujer (la madre) es liberada de sus quehaceres y consigue salir al exterior. Entonces tiene que enfrentarse con la realidad y descubrir las cosas como de verdad son, así que la mujer es la única de la cueva que ve un árbol en lugar de la sombra de un árbol.

Platón inventó esta alegoría para explicar la relación del ser humano respecto del conocimiento, aunque en el original griego no había mujeres ni niños, solo hombres prisioneros. Y desde aquel relato fundador, la historia del conocimiento ha sido básicamente un diálogo abstracto entre varones. Pero el mito de Platón es algo así como las perlas a los dientes, la imagen perfecta que ilustra otra realidad. Las mujeres, las que no salimos en ninguna historia del pensamiento, somos esos dientes, somos las que mordemos la manzana. Y una boca sin dientes no muerde, solo traga. Por eso estamos todas hartas de tragar. El genocidio de lo femenino es la razón por la que la vida se nos hace bola.

Así que tenemos a una madre, que soy yo, con H1 y H2 metidas en una gruta. Y a mí me corresponde ir proyectando objetos, colores y sabores sobre la pared de nuestra casa. Y eso es exactamente lo que hago.

—¿Cómo hace el perrito? ¿Cómo hace el burrito? —pregunto a mis hijas, niñas prisioneras, mientras proyecto imágenes de los animales en un cuento ilustrado.

—To-ma-te —digo mientras comen.

Y muestro la sombra de la fruta roja.

—Silla, sirena, amor —digo.

Y señalo después: sombra, sombra, sombra.

No paramos de mostrar sombras, las madres. Los juguetes son, a menudo, facilitadores de nuestra tarea. No siempre puede una salir de su cueva a por el concepto que está buscando, pero en esto hemos avanzado entre Platón y el iPhone. Cualquier madre tiene a su alcance sombras de peluche de casi cualquier idea, concepto o ser vivo. Aparte, claro está, de las aplicaciones móviles. Ya no hace falta salir al exterior, tampoco es necesario encender ninguna hoguera, ni siquiera tener casa o cueva. Ahora basta con tener un smartphone. Las sombras se proyectan en todas las direcciones y nos alejan más que nunca de la verdad.

Así pues, nuestro futuro está obligatoriamente relacionado con qué clase de madre vive en cada casa. Porque la dueña de las sombras es también la que guarda en el bolsillo del delantal las llaves de la libertad, si es que aún queda alguna luz más allá de la caverna.

Lo malo es que todo el mundo sabe cómo acaba el mito. Resulta que si la persona que conoce el mundo exterior (la madre que soy yo) intenta liberar a los que aún viven en las sombras, se reirán de ella antes que nada. Y que si insiste, es decir, si me empeño en acompañar a mis pequeñas hasta la luz, estarán decididas a matarme.

De modo que el viaje hacia la verdad es siempre aterrador. Así está escrito y así lo recordamos las madres, muertas de miedo. ¿Qué hacemos entonces con nuestros regordetes prisioneros? ¿Qué haré con mis hijas cuando llegue el momento? ¿Animarlas a salir o comerles el dedo gordo del pie en nuestra gruta calentita? De momento, lo que más me gusta es encerrarme con ellas en nuestra casa a jugar y proyectar sombras chinas en una pared. Que nadie nos mire, que nadie nos toque, que todo lo que está ahí fuera y es real nos siga esperando porque nosotras, de momento, pasamos.

Pero en el fondo sé que mis cachorras, antes o después, me arrancarán la mano si no las saco a pasear. No criamos perritos, criamos lobos, criaturas tan salvajes como nosotras mismas. ¿Quién no le ha arrancado un brazo a su propia madre?

No recuerdo cuál fue el día en que se lo dije por primera vez a MiMadre, pero no debía de tener más de doce años. Después de eso, ese rencor fue creciendo entre nosotras como una invasión.

—¿Es que no entiendes que es mi vida? —fue una flecha seca en la frente de MiMadre. Un agujero perfecto entre sus delgadas cejas rubias.

Y desde aquel día hasta hoy.

Un día: Ya sé que tú no lo harías así, pero resulta que es mi vida. Y otro: ¿Quieres dejar de meterte en mi vida? Un mes: Tengo treinta y siete años, esta es mi casa y hago las cosas como quiero. Y otro: ¿Crees que algún día entenderás que yo no soy tú? ¿Es que no ves que ni siquiera quiero ser como tú? Un año: A lo mejor resulta que sí sé lo que estoy haciendo y que elijo justo lo contrario de lo que tú harías. Y otro: Así es como tomo mis decisiones, mamá. Una década: Comprendo que te decepcione mi forma de ser, pero es que resulta que es la que he elegido. Y otra: ¿Te has preguntado si me decepciona a mí tu forma de hacer las cosas?

A ningún otro ser humano más que a MiMadre he tenido que explicarle tantas veces que soy dueña de mi propia vida. Y por fin me queda claro que si he podido hacerlo es porque ella me llevó de la mano hasta el exterior de su cueva, me dejó salir, me liberó. ¿Y cómo se lo pago? Riéndome de ella o matándola con mis manos llegado el caso (hay días en que pienso que el caso está a punto de llegar), porque así está escrito. Lo malo es que el conocimiento es circular, avanza como las ruedas. Y me da que todas las flechas que le he lanzado se clavarán en mi frente empuñadas por la mano de mis hijas, antes o después. Pero entonces ¿de qué va todo esto? ¿Cómo de grande es la trampa de la maternidad? Cabe un pájaro, cabe un elefante, cabe una ballena, cabe el mundo entero.

Cuando ellas estén por fin criadas y sean mujeres libres e independientes, cuando las acompañe ahí fuera y estemos las tres desnudas ante toda la verdad y la belleza de este mundo, ¿no van a quedarme ni siquiera unas acciones preferentes sobre sus vidas? ¿Qué piensan hacer ellas con todo el tiempo y el amor que les he dedicado?

He extendido mis sueños a tus pies;
pisa suavemente, porque pisas sobre mis sueños.

Estampo los versos del poeta William B. Yeats sobre la pared de la cocina y compruebo que quedará manchada para siempre. Lanzo cada una de las letras con rabia, como si estallara uno a uno todos los platos que guardo en nuestra casa. Y las copas. Las copas caras, las que nos regalaron aquella Navidad, de una en una. A la mierda con todo.

Vale que será su vida y que yo me he esforzado en no dejar de hacer nada por ellas, que ese es un regalo que antes o después abriremos juntas. Vale que por eso escribo este libro, por ejemplo, en vez de estar metiendo horas en el parque. Vale que no pienso reprocharles nada que yo no hiciera por su culpa cuando crezcan porque no espero ninguna retribución más que este presente que compartimos. Vale que conservo mi trabajo y todas las cosas que me parecían importantes antes que ellas. Vale que mi cabeza está llena de palabras. Pero ¿qué pasará cuando tomen libremente malas decisiones? Cuando se autodestruyan, cuando se enamoren de alguien que les hace daño, cuando se enamoren literalmente del daño, cuando carezcan de voluntad, cuando sean frívolas, cuando sean malas, cuando sean ellas quienes hagan daño, cuando elijan destrozar su cuerpo, cuando lo acepten todo, cuando se olviden de su madre.

Si el susto termina así, casi me parece más sensato elegir muerte. Creo que prefiero ser una de esas madres que no se buscan problemas, tan abundantes y respetadas como las demás. Las que encierran a sus hijos en sus propias ideas y se acabó. Se meten en su salón o en su cocina (en el jardín o en la finca cuando el presupuesto lo permite) y dedican toda su vida a convencer a sus hijos de que ellas son lo verdaderamente real. Y así hasta que la madre es reina y prisionera de su propia vida y el hijo solo se siente a salvo entre las sombras de la casa materna o de la infancia.

Susto o muerte. Difícil saber cuál es la mejor manera de despertar en los hijos las ganas de luz: la generosidad o el encierro. Personalmente creo que, al final, da igual. Los hijos siempre hacemos cuanto está en nuestra mano para escapar. Pero algunas prisiones son realmente perfectas, sobre todo las mentales.

Ahora lo sé. Las verdaderas madres han visto marchar a sus hijos, los han despedido en mitad de la luz del mundo real, han asumido que nada tienen ya que ver con ellos.

Y han sonreído. Va en serio. Han sonreído. Así que, en el mejor de los casos, me falta mucho, pero mucho, para ser madre. No basta con parir. No basta con el amor y la teta y el tiempo y todo lo demás. Qué más da todo eso. Madre será la que te saque de la caverna, madre será incluso el que te saque de la caverna, claro que para eso necesitamos hombres fuertes que no estén obsesionados con meter más y más cosas en la gruta. Aparta un poco tu dinero y tu poder y ayúdanos a salir de aquí, papá. Recupera a la mujer que llevas dentro, papá, porque hace mucha falta en esta casa. En todas las casas, papá.

Sin embargo, por suerte para mí, el día en que mis hijas me asesinen aún no ha llegado. Pero llegará. Dios ahoga y aprieta. Y al final, la maternidad es, igual que el conocimiento, un viaje de la imaginación a vida o muerte.

Tengo dos hijas, estoy a punto de terminar un libro sobre la maternidad y lo que hay al final de este viaje no es más que una pared muy sucia donde voy a darme de bruces. O eso, o me pongo a limpiar las manchas. Me temo que esta historia debería haberla escrito otra mujer, una madre de verdad, la mía, por ejemplo. Porque una no es madre del todo hasta que sus hijos le dicen adiós, hasta que se separan de ella y salen de la cueva y son con la vida y no con la madre. Una mujer (o un hombre) no es madre hasta que ha hecho libre a un ser humano sobre la tierra y lo ha dejado salir a esa luz donde todo puede ser bueno y verdadero y bello. Cuando llega ese día, cuando llega el momento luminoso en el que un individuo conquista su libertad, suena el corazón de su madre, que se ha roto.

Solo queda ya desear que todo vaya bien para que un día sea mi corazón el que quede hecho añicos.

AGRADECIMIENTOS

Quiero dar las gracias en primer lugar a tres mujeres que han sido impulso y aliento de este libro. Sin ellas esto no hubiera pasado. A Rosa Montero, inspiración y premonición de esta novela. Ella fue aliento en los años más duros, cuando la escritura me parecía un lujo del que me debía ir olvidando. A Lara Moreno, por creer en esta historia como si fuera suya. O mejor, como si fuera de todas. Y por leerla y mimarla como si fuera además la de una amiga. Y a María Sendagorta, por leerme siempre desde otro sitio, por su manera de subrayar e interpelar mis manuscritos y por ayudarme, una vez más, hasta el último momento.

Gracias al doctor Javier Santisteban, el hombre que me ayudó a dar a luz a mis hijas. De él he aprendido el trato grave y delicado que merece la vida allí donde no llegan las palabras. En este sentido, he intentado que mi forma de escribir sobre la vida en este libro se parezca a su forma de trabajar con ella.

Gracias de corazón a Claudio López de Lamadrid por hacerme sentir en casa aunque sea una recién llegada. Este libro no estaría hoy aquí sin su confianza.

Y a Albert Puigdueta por ayudarme tanto. Por leer y volver a leer con atención apasionada y por ponerse una y otra vez en otra piel.

A la Fundación Valparaíso, por acoger en su casa la escritura del primer manuscrito en un mes de julio que lo cambiaría todo. Especialmente, gracias a Beatrice Beckett, a quien tuve el placer de conocer personalmente. Ella y su marido, Paul Beckett, han sido aliento y sustento de muchos.

A la Escuela Contemporánea de Humanidades de Madrid, por ser un refugio para el pensamiento en medio de este frío. Y a mis compañeros de seminario, todos, por ser un refugio para mí.

Por último, gracias a Alejandro Gándara, que me ha pedido expresamente no aparecer en estos agradecimientos. Escritor y maestro de escritores, a quien vengo a agradecer «únicamente» su inestimable ayuda doméstica. Gracias por hacerme creer que la comida crece en la nevera. Y porque crezca, en la nuestra, ya cocinada. Pero, sobre todo, gracias por abrir para mí ese espacio mental que no liberan libros ni maestros, solo el amor.

CRÉDITOS

p. 26, «Por lo que has hecho, maldita…»: Carolina Lesa Brown y María Jesús Santos, *La palabra se hace arte*, Edelvives, 2013.

p. 30, «Ante la Ley hay un guardián…»: Franz Kafka, «Ante la ley», trad. Juan José del Solar, Debolsillo, 2014.

p. 39, «Nunca había tenido sentimientos de inferioridad…»: Teresa López Pardina, *Simone de Beauvoir (1908-1986)*, Ediciones del Orto, 1999. Fragmento adaptado del tercer volumen de las memorias de Simone de Beauvoir, *La fuerza de las cosas*.

p. 41, «Yo soy Beatriz…»: Dante Alighieri, *Infierno*, trad. Fernando Gutiérrez, Debolsillo, 2013.

p. 43, «La tierra en la que estás acostado…»: Biblia de Jerusalén, s.f.

p. 52: «Todos los días son blancos…»: Gloria Fuertes, s.f.

p. 87: «Algo se quebró…»: Joyce Carol Oates, *Mamá*, trad. Carme Camps, Alfaguara, 2010.

p. 95: «No quiero que te vayas…»: Chantal Maillard, *La mujer de pie*, Galaxia Gutenberg, 2015.

p. 109: «hijos (si Dios quiere)…»: Charles Darwin, «This is the question, marry not marry», correspondencia, 1838.

p. 111: «Pasaba una vida trabajosísima…», Teresa de Jesús, *El libro de la vida*, Lumen, 2015.

p. 215: «He extendido mis sueños…»: William B. Yeats, traducción de la autora.